上流階級で許嫁なふたり、実は——
「初めまして。鳥羽《とば》 悠也《ゆうや》と申します」
「——その婚約者、伏見《ふしみ》 美月《みつき》と申します。
この度はお招きいただき、ありがとうございます」
幼馴染で婚約者なふたりが恋人をめざす話
OSAKON
osananajimide konyakusyana futariga koibitowo mezasuhanashi

鳥羽《とば》悠也《ゆうや》
本作の主人公。ちょっと苦労性な御曹司。美月とは相思相愛の婚約者。
伏見《ふしみ》美月《みつき》
外面《そとづら》完璧、中身はフランクな親友系お嬢様。悠也のことが大好き。
高校生にして水入らずの
仲良し熟年夫婦！　それなのに――

沢渡《さわたり》雪菜《ゆきな》
美月とは親ぐるみで
仲が良い、
幼馴染4人組の1人。
普段は大人しい
性格だが……？
大久保《おおくぼ》大河《たいが》
悠也の遠い親戚にあたる、
幼馴染4人組の1人。
実は雪菜と交際中。

「先に少し確認。……イヤでは、なかったよな？」

「うん、イヤではなかったよ。ただ……ね？」

ハッキリ言うと――

激烈に気恥ずかしく、テレくさかった。

仲が良すぎたせいで恋愛クソ雑魚!?

自覚した2人の“恋人特訓”スタート!

幼馴染で婚約者なふたりが恋人をめざす話 1

緋月 薙

HJ文庫
922

口絵・本文イラスト　ひげ猫

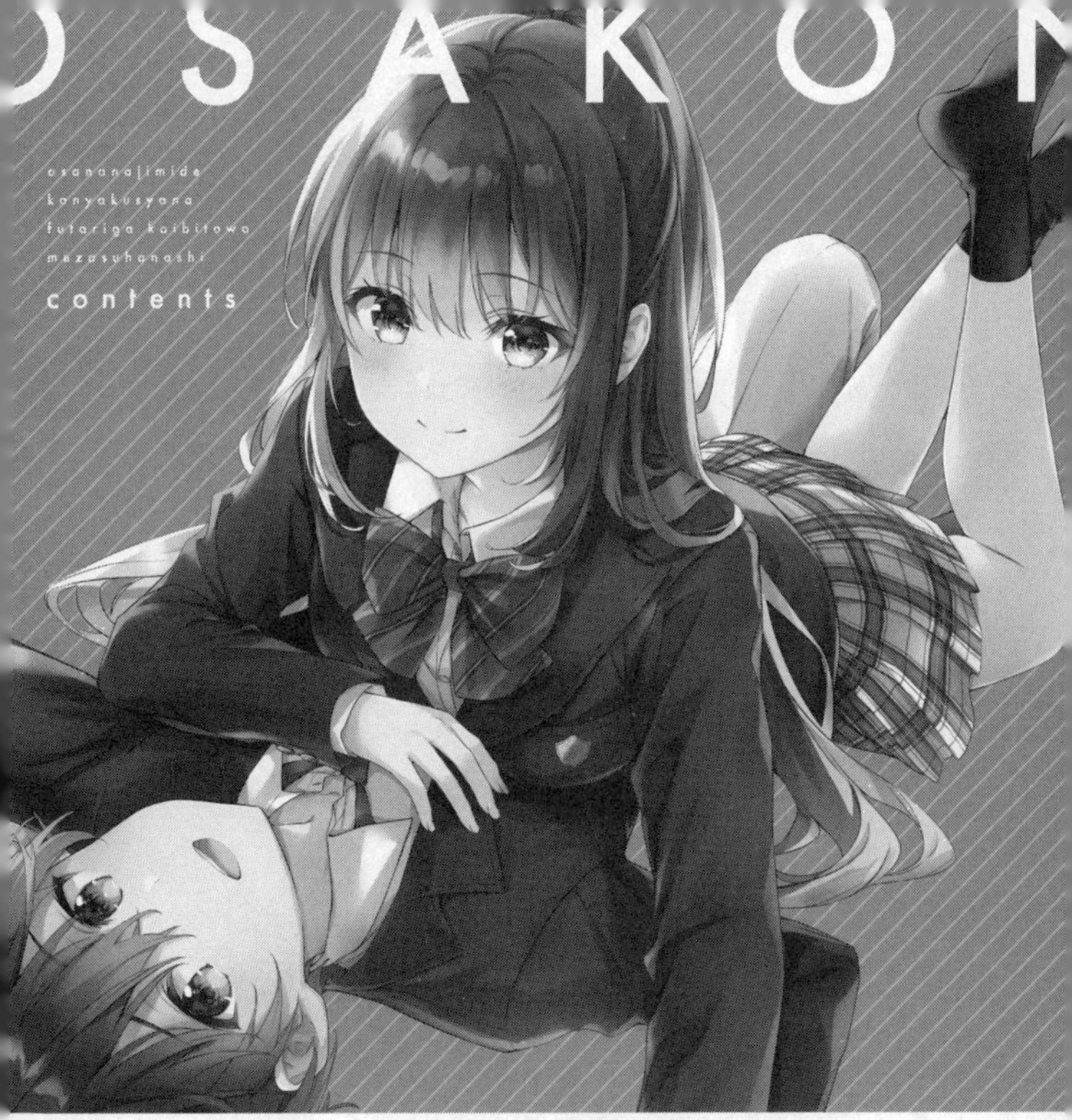
OSAKON
osananajimide
konyakusyana
futariga koibitowo
mezasuhanashi

contents

序章 ›› 悠也と美月の日常

突然《とつぜん》だが。

『許嫁《いいなずけ》』という言葉に、どういう印象があるだろうか？

本人たちの幼い頃《ころ》から親に決められた、将来の結婚《けっこん》相手。

しかし現在では一般的《いっぱんてき》ではなく。そんな風に相手を決めるのはごく一部の良家か、双方《そうほう》の両親がよほど深い関係にある場合くらい。

と、こんな感じの認識《にんしき》ではないだろうか？

――で。既《すで》に察している人もいるだろうが……俺《おれ》『鳥羽《とば》 悠也』には、ほぼ生まれた時からの許嫁がいる。

そして確かに俺と『彼女《かのじょ》』の両親は、俺たちが生まれる前から、公私共に家族ぐるみの付き合いがあり。家の方も、双方『良家』と呼べる資産家ではある。

だから、条件的には『典型的』といえるかもしれない。

……しかし、俺たち自身が典型的かというと――

◆　◆

6月某日《ぼうじつ》。現在は土曜日の朝9時。

「……やっぱり来ない、か」

多分こうなるだろうとは思っていたが……俺は、呆《あき》れ気味《ぎみ》の声を出した。

今は実家――ではなく。高校入学から暮らしているマンションの自室。

いつもの時間に目を覚まし。朝食の下準備と、その他少々も終わらせてから時計を確認《かくにん》。

――一応、そろそろ声掛《か》けに行くか。

人が来る気配の無い玄関《げんかん》方面と――人の動く音が聞こえない、壁《かべ》の向こうの隣室《りんしつ》の方へ視線を向け……軽く溜《た》め息《いき》を吐《つ》いてから動き出す。

「ベランダの鍵《かぎ》は、まだ開けないでおくか」

ベランダは隣室と繋《つな》がっているが、本来は仕切りで隔《へだ》てられていた。

それを俺と『隣人《りんじん》』は、管理人の許可を得て取っ払《ぱら》い、行き来できる様にしてある。

だから俺の部屋と隣室は、ガラス戸の鍵さえ開いていれば出入り自由。

とはいえ防犯のため、もちろん寝《ね》るときや外出時は鍵を掛けていて。

その『隣人』はまだ鍵を開けていないだろうから、今は普通《ふつう》に玄関から外出。

そして、俺も鍵を開けないのは……この後の展開を予想して。


そんな事を考えながら玄関を出て、やって来ましたお隣《となり》さん。

当然ながら、施錠《せじよう》されている玄関。

どうせインターフォンを押《お》しても無駄《むだ》なので、合鍵《あいかぎ》で開けて進入。

勝手知ったる室内を奥《おく》に進み、『彼女』が寝室《しんしつ》にしている和室への襖《ふすま》を開けると――予想通りの光景が広がっていた。


「……くー。……かー。……ふへへへへ……」


「……だよなー。起きてるはず無いとは思っていたけど――」

俺が見下ろす先には、畳《たたみ》の上に敷《し》かれた布団《ふとん》の中、あられもない姿、弛《たる》みきった笑《え》みで寝こける少女が1人。


この、少し残念臭《しゅう》が漂《ただよ》う彼女の名は『伏見《ふしみ》 美月』。

ほぼ生まれた頃からの幼馴染《おさななじみ》で——許嫁、そして婚約者《こんやくしゃ》という間柄《あいだがら》。

身分的に彼女は『社長令嬢《れいじょう》』と呼ばれる存在でもあり。対外的なパーティ等で『のみ』知る方々からは、『まさに深窓の令嬢』等という評価を受けていたりもするのだが……。


外出時は綺麗《きれい》に梳《と》かされ、艶《あで》やかな輝《かがや》きを放つ長い黒髪《くろかみ》。

それが今は、かのメデューサもかくやというレベルで寝グセが付きまくり……持ち主の寝相《ねぞう》の凄《すさ》まじさを物語っていて。

その本体の方は、丸めた掛け布《ぶ》団《とん》を抱《だ》き枕《まくら》状態にして、なおも幸せそうに爆睡《ばくすい》中。


……『深窓の令嬢』と称《しょう》される清楚《せいそ》な雰囲気《ふんいき》など、一欠片《かけら》の名残《なごり》も見えない。


余談だが。美月がベッドではなく、和室の布団を好む理由は——

『どこまで寝返《ねがえ》り打っても大丈夫《だいじょうぶ》っていう、境の無い安心感が良いんだよー』

……寝相を直そうという発想は無いのが、とても『らしい』と思う。

布団で静かに眠《ねむ》る黒髪の少女――なら確かに、名家のお嬢様《じょうさま》っぽいかもしれない。

だけど。ここまで『爆睡』という言葉が似合う寝方《ねかた》をされると……和風の布団は、お嬢様っぽさを更《さら》にマイナスさせるアイテムになっている。

「お～い美月ー？　そろそろ起きろー」

「――んー……？」

呼びかけると、ワンテンポ置いてから反応アリ。

あからさまに寝ボケた声を出してから寝返り。今度は大の字に。

パジャマ代わりの、ショートパンツとタンクトップ。

同い年の少女の、かなり際どい所までが朝の日差しに照らし出されているが――この光景を見慣れていると『……またか』としか感じなくなるわけで。

……いや、美月の顔立ちは――いくら涎《よだれ》を垂らしていようと、十分以上に『綺麗』『可愛《かわい》い』と称せるくらいには整っている。

捲《まく》れ上がったタンクトップから際どい所まで見えている、形の良い膨《ふく》らみ。以前はパジヤマ派だったのに今は短パンのため、露《あら》わになっているキレイな脚《あし》。寝汗《ねあせ》で痒《かゆ》くなったのかポリポリと掻《か》いている、引《ひ》き締《し》まった腹部など、スタイルも良好。

客観的に見ても、女性として間違《まちが》いなくハイレベルな容姿なのは間違いない。

だが、それでも恥《は》じらいの欠如《けつじょ》からくる色気の無さは、どーしよーもないわけで。

公の場での姿と、この残念極《きわ》まりない姿。その落差に、いつもの事だが少々呆れる。

……だけど長い付き合いで見慣れた身としては――『こうじゃなきゃ』といった感じで落ち着くのも確かで。

なぜか自然と苦笑いが浮《う》かんできたので、気晴らしも兼《か》ねて、指で美月の頬《ほお》を突《つつ》いてみる。

「――ふみゅぅ？　……うにゅぅ」

ネコっぽい声を出した美月は。

俺の指を避《さ》けるどころか、頬《ほお》ずりをするように手の方へ顔を寄せてきて――

「……うにゃぅ。――だいすき……♪」

「…………」

――幸せそうな顔で、告げられた言葉。

寝言《ねごと》だとは分かっているが、少々不意を突かれてドキリと……したのだが。

美月は俺の手を掴《つか》み。『笑み』が色気の無い『ニヤケ顔』になった後、口を寄せ――

「……うへへ。おいしくいただきまーすぅ……」

大好き（食べ物的な意味で）。

「…………いい加減に起きろやっ！」

大きく開かれた口が閉じられる前に、手を振《ふ》り解《ほど》き。その手で美月の額を『ペシッ』としながら声を掛け、本気で起こしにかかった。

――声が少々荒《あら》くなったのは、仕方がない事と思ってください。

「…………んー、悠也ぁ……？」

やっとこちらを認識したらしく、寝ボケ眼《まなこ》を向けてくる美月。

第一関門は突破《とっぱ》か――なんて思っていると、美月は潤《うる》んだ瞳《ひとみ》をこちらに向けて。

「……ああ悠也、あなたはどうして悠也なの……?」

朝っぱらの覚醒《かくせい》1発目から、ロミオ&ジュリエット的なセリフが飛んできました。

「……その発言、何の意味があって?」

「意訳すると――『いい夢見てたのに、なんで起こしたバカ悠也』」

「夢から醒《さ》めろジュリエット・美月。っていうかシェイクスピアさんに謝《あやま》れ」

「……だって。大根サイズの茹《ゆ》でガニの脚に齧《かじ》り付くところを起こされたんだよぅ……」

『あなたはどうして悠也なの?』=『あなたはどうしてカニではないの?』

……そんな夢、ちょっと俺も見てみたいと思わなくもないが。

「――いい加減に起きろ。カニじゃないけど、支度《したく》している間に朝飯作っておくから」

そう言うと漸《ようや》く、美月の寝ボケ眼に知性の光が宿り始めた様子。

「んー……まだ作ってはいないの?」

「どれだけ掛かるか分からなかったから、冷ますのもなんだし。そんな手の込んだ物を作る気も無かったからな」

「……そっか。じゃあ――ん」

仰向《あおむ》けに寝たまま、こちらに左手を伸《の》ばす美月。

俺は『やれやれ』と思いながらもその手を掴み、引っ張り起こす――その途中《とちゅう》。

一瞬《いっしゅん》の内に美月の右手が伸びて俺の左肩口《かたぐち》を掴み――いつの間にか俺の腹部には足が当てられ、美月はそのまま身体を丸めながら後ろに体重を掛け。

その結果、見事な巴投《ともえな》げ。

途中で何をされるか分かったため抵抗《ていこう》はせず――綺麗に投げられ受け身を決めた俺に、そのまま美月がのしかかって来た。

「今日は休みだし、一緒《いっしょ》にお昼くらいまで寝よー？」

甘《あま》えるネコの様に、俺の胸元《むなもと》に頬を擦《す》り付け――実際はただ眠いだけな美月の発言。

「まぁ、確かにそうだけど……美月、お前は家の用事があるって言ってなかったか？」

「あ、大丈夫。大した用事じゃなかったから、今度にしてもらってあるー」

なぜか得意げに言う美月。この手回しの良さは、やっぱり――

「……最初から、こうする気だったな？」

「えへへっ♪　だけど悠也も、こうなるって予想してたでしょ？」

ジト目で問う俺に、悪戯《いたずら》っぽく笑いながら返してくる美月。

——まぁ。7・8割くらいの確率で、こうなるだろうとは思っていたけど。

「昨夜の『お嬢様モード』、すごく疲《つか》れるんだよー。だから今日はノンビリしたいー」

「あー。まぁ、それは分かるんだが」

実は昨日の——金曜夜。

俺の親の仕事関係の会社が開くパーティがあり、そこに参加していた俺たち。

そういうお堅《かた》い場で美月は、実に見事に『化ける』わけで——

◆　◆

「おお。これは、鳥羽グループの会長様。ようこそいらっしゃいました」

「——この度《たび》は創立10周年、おめでとうございます」

都内某所《ぼうしょ》の高級ホテル。煌《きら》びやかに飾《かざ》りたてられた大広間にて、立食パーティがひらかれていた。

父さんと、このパーティの主催者《しゅさいしゃ》である取引先の社長との会話を聞き——美月に視線を送ると、彼女は静かに頷《うなず》き、自然な動きで俺の隣に寄り添《そ》う。

そのまま2人で、父さんの後ろに控《ひか》えること暫《しば》し。社長の視線がこちらに向き。

「――それで……そちらが噂《うわさ》のご子息でしょうか？」

「ええ。うちの息子《むすこ》と、その婚約者です。――悠也。美月さん」

横に動き、俺たちに場を譲《ゆず》る父さん。俺と彼女は、揃《そろ》って一歩前に出て。

「初めまして。鳥羽 勝也《かつや》の長男、鳥羽 悠也と申します」

「――その婚約者、伏見 美月と申します。この度は私たちまでお招きいただき、ありがとうございます」


揃って一礼する俺と美月の服装は、共にセミフォーマル。

とはいえ男の俺は無難なスーツ姿なのに対し、美月は水色のディナードレス。淡《あわ》い色合いの服装を纏《まと》う美月は、綺麗な長い黒髪と楚々《そそ》とした振《ふ》る舞《ま》いもあって、深窓の令嬢という言葉がぴったりとくる、清楚な印象を周りに与《あた》えていた。


「早くも投資家として頭角を現されているとは聞いておりますが――実にしっかりしたご子息ですな。そして婚約者の方も、名字の『伏見』とはもしかして、あの貿易業の――」

「ええ。彼女の父君も経営者ですね。古くから付き合いがあったもので――正直、息子には過ぎたご令嬢だと思うのですが」

そういう父さんに、美月は楚々とした微笑《ほほえ》みを浮かべながら。

「――いいえ、おじさま。私こそまだまだ不肖《ふしょう》の身。悠也さんの婚約者として恥ずかしくないよう、これからも努力が必要と思っております」

「こら、少し謙遜《けんそん》が過ぎるぞ？　美月の料理の腕《うで》は父さんたちも認めているし、生徒会の補佐《ほさ》も助かっている。投資の方だって、美月のサポートがあってのものだろう。……それに俺もまだ努力中の身だからな。美月を『不肖の婚約者』なんて思った事は無い」

「――そう言っていただけると嬉《うれ》しいです。ありがとうございます、悠也さん♪」

そう言って静かに微笑む美月に、俺も笑みを返す。

これらの言葉に、一切《いっさい》の嘘《うそ》は無い。

同じ学校で生徒会役員なのも、美月の料理が美味《うま》いのも、他にも諸々優秀《もろもろゆうしゅう》なのも事実。

……ただ。根本的な部分に、見せていない面があるだけで。

「……悠也も美月さんも、こんな所で2人の世界を展開するんじゃない。――社長、息子たちが失礼しました」

「はっはっは、仲がよろしい様で、微笑ましく見ておりましたよ。……しかし謙遜していましたが——お2人とも振る舞いは中々のもので、実にお似合いかと。跡取《あとと》り夫婦《ふうふ》がこの様子なら、鳥羽グループは先々も安泰《あんたい》ですな」

「ははは。しかし、跡継《あとつ》ぎにするかは今後次第《しだい》です。株主の方々が納得《なっとく》する実績を積ませてからでないと——」

そんな大人の会話を——俺は美月と共に『穏《おだ》やかな笑み』に見えるであろう表情を作り、聞き流す。……『ちょっとやり過ぎたかな?』とか考えつつ。

この後も似た様な遣《や》り取《と》りが繰《く》り返されて、時間は過ぎ——

◆　◆

——と。昨夜は、そんな面倒《めんどう》くさいパーティがあって。

その後そのままホテルに泊《と》まる事もできたのに『家でのんびりしたい』と帰る事を選んだ時点で、翌日は眠りこけるつもりじゃないか、とは思っていた。

ついでに言うと、昨日のパーティでネコを被《かぶ》っていたのは、それなりに理由はある。

経営者の子女というだけで、良くも悪くも俺たちに近寄って来る者は少なくない。

そんな人間を減らすため、つけ込まれる隙《すき》は見せず、それでいて分かりやすく仲の良さをアピールする必要があった。

俺は周囲を警戒《けいかい》しながら立ち振る舞いに気を付けるだけだが……美月は元々がフリーダムな性格のため、かなり厳重にネコを被る必要があって、相応に疲れるらしい。

「ホテルのご飯は美味《おい》しいけど、ネコ被り続けるのはストレス溜《た》まるし。あれならそこらで牛丼《ぎゅうどん》の方がよっぽどイイよ！　もちろん大盛り汁《つゆ》ダク、七味もたっぷりッ!!」

熱弁する、牛丼大好きお嬢様。そういう俺も好きだけど。

「……明日の昼は、牛丼食いに行くか」

「わーい。悠也大好き～♪」

無邪気《むじゃき》な子ネコの様に、俺の胸元に頬ずりしてくる美月。

……密着しながらの『大好き』発言でも、全く色気を感じさせない美月。

他の者に言わせてみれば『有り得ない』らしいが。俺としてはよくある遣り取りなので、

『妙《みょう》な雰囲気』になるどころか――脱力《だつりょく》して、俺も眠くなってきた。

……ポケットからスマホを出し、アラームを11時半にセット。

「――昼前には起きるぞ」

「わーい♪」

「……その代り、お昼の用意は頼《たの》むからな？」

「あいよー。悠也が好きなオムライスの予定ー」

……やっぱり、ここまで想定済みだったらしい。

ご機嫌《きげん》そうな美月にデコピン一発かましてから、俺も横になり――

「――オムライス。下準備はしてあるから、あとはよろしく」

「うんっ了解《りょうかい》♪　期待には応《こた》えてみせよう！　――せっかく、ホテルのモーニングより優先してくれたんだから、ね？」

「………あと2時間くらいしか寝れないんだから、はよ寝ろ」

昨夜、俺だけ泊まってくる事も出来たけれど、そうしなかった理由は……お察しのとおりの理由だったりする。

……仕方ないだろ？　美月のオムライス、俺の好みにどストライクなんだから。

それ以上の理由は無い――という事にしておいてほしい。

こんな風に。大抵《たいてい》の事は見透《みす》かせるし、見透かされる。

身内には昔から『色気があるのか無いのか分からない』と言われる俺たち。

1章 いままでの2人

「――はい、これで大丈夫です。休日にわざわざ、お疲れさまでした」

俺と美月《みつき》が提出した書類を確認した女性――俺たちが通う高校の理事長が、穏やかな笑みで俺たちを労《ねぎら》ってくれた。


翌日、今は日曜日の夕方。

もちろん本来は休みなのだが――生徒会業務で少し面倒な案件があったため、会長と副会長である俺と美月と、あと『2人』も今日は昼から登校して残務処理をしていた。

あ、もちろん昼食は某《ぼう》チェーン店《てん》で牛丼食べました。久々だったので美味かったです。


「いえ、理事長――露木《つゆき》さんも、お疲れさまです」

「お疲れさまー、明日香《あすか》お姉さん♪」

俺たち、特に美月が気安い口調で返すと、微笑みが更に親しげなものになり。

「いえいえ、私は通常業務の内ですから」

この学校の理事長である露木明日香さんと俺たちは、昔からの知り合い。
父さんと仕事上の知り合いらしく、俺と美月が小さい頃は、面倒を見てくれたりも。
そもそも俺たちが親元を離《はな》れてこの学校に居るのも、彼女の存在が大きい。

・将来のためにも、早い内に親元から離れる経験をさせておきたい。
・だが立場上、自分たちの目が完全に届かない場所は避けたい。
・それなら出資している学校が無難だが、忖度《そんたく》を受ける様な場所は避けたい。

そんな保護者たちからの無茶《むちゃ》な条件を満たすのが、露木さんが理事長を務めるこの学校だった、というわけで。

そんなわけで。俺と美月が生徒会長と副会長で――他２人も関係者なのには、親方面の作為的《さくいてき》な理由は一切無い。

「――今年は貴方《あなた》がたが生徒会ですから、私もやりやすくて助かります」
「俺たちとしても、気心知れた人が相手だとやりやすいですし、お互《たが》い様《さま》です」

人となりを知っている相手だと、駆《か》け引《ひ》きとかを気にしなくて良いのは助かる。

「今、お茶淹《い》れるねー」

「あ。ありがとうございます、美月さん」

美月に応え、来客用のテーブル、そこで待つ俺たちの対面に座《すわ》る露木さん。

「悠也《ゆうや》～？」

声を掛けられ、視線を送ると。露木さんへのお茶を注いでいた美月が、俺の前の湯呑《ゆの》みを見ていたので――

「ん？　――ん」

「ん♪」

お代わりを頼むと、笑顔《えがお》で応えて注いでくれた美月。

代わりに俺は、出されていたお茶請《ちゃう》けの一口羊羹《ようかん》を渡《わた》しながら――

「ん。――ん？」

「――ん♪」

美月に『そっちのは注ごうか？』と訊《き》くと、感謝の意を伝えてきたので、注ぎ。

美月も俺の隣に座り、腰《こし》を落ち着けたのを見てから、揃って茶を一啜《すす》り――

「……ふぅ。――あれ、どうしました？」

一息吐いて正面を見れば、露木さんが俺たちを見て複雑な顔をしていた。

具体的には――諦《あきら》めの苦笑《くしょう》に、驚《おどろ》きと微笑ましさが少しずつ混ざった様な？

「……いえ。ただ――貴方がたは、どういう関係なのだろう、と」

「「婚約《こんやく》関係ですが？」」

「……………いえ、そういう話ではなく」

分かり切った質問に揃ってノータイムで答えると――更に頭が痛そうな顔に？

「……ご存じでしょうが、私はご両親たちから『それとなく様子を見ていてほしい』と頼まれているわけですが――普段《ふだん》どういう生活をしているのだろう、と……」

話の内容は至極《しごく》真っ当な生活調査なのに、妙に歯切れが悪い――と思った所で、何を言っているか気付いた。隣の美月も、どうやら同じ結論に至った様子で。

「「ああ、そういう事ですか。――ヤってませんよ？」」

「もう少しオブラートに包みません⁉　い、いえ、確かにソレを訊《き》きたかったわけなのですが……」

サラっと答えた俺たちに、頬を引きつらせながら言う露木さん。

「知人への気安さの表れと思ってください。しかし……なぜ突然？」

「ねー？　お父さんたちから言われてるし、清く正しいお付き合いしてるよねー」

――『清く』はともかく、『正しい』かどうかは審議《しんぎ》の余地がある気もするが。

俺と美月が現在の『半同棲《どうせい》』といえる生活を始める際、親たちからはほとんど放任と言って良い程《ほど》に、指示や条件といったものは付けられなかった。

そんな中で唯一《ゆいいつ》言われたのが――『世間体《せけんてい》のためにも【万が一が起きる可能性のある行《こう》為《い》】は、高校卒業まで自重してほしい』。

……まぁ、無粋《ぶすい》といえば無粋この上無い話だが、経営者一族――それも後継者《こうけいしゃ》の最有力候補という立場上、世間体が大事なのは分かる。

それに高校生という年頃《としごろ》を考えれば、その親の心配も……まぁ分かる。

だから、とりあえず高校卒業までは、そういう事をイタす気は無いのだが――

「――ええ、貴方がたの『言葉』を疑う気はありません。ですが……『行動』からは、自然と疑念が浮かんでしまうだけです」

「そうですか？」

揃《そろ》って首を傾《かし》げる、俺と美月。そんなおかしな行動、しているだろうか？

「……まさにそういう所のせいですね。──『ご夫婦』などと称された事は？」

「何故《なぜ》か度々《たびたび》」

「たまーに、頭に『熟年』とかが付いたりもするよねー」

俺に続いて美月も、お茶菓子《ちゃがし》を手に取りながら。

特に意図しているわけではないが、一緒に行動をしていると稀《まれ》に言われる。

「……そう称される程に仲の良い年頃の男女なら、そういう欲求や衝動《しょうどう》が高じる事があるのは、むしろ当然だと思うのですが……？」

「んー……」

当然イタしたくないわけではないし、そういう欲求が無いわけないが──

少し考えた上で隣の美月を見ると、同じくこちらに向けられた視線とぶつかり。

その視線で同じ思考を展開させていたのを確認し、頷きあった後。

「慣れ？」

「………もういいです。失礼しました」

どちらかというと『これ以上は勘弁《かんべん》してください』といった顔の露木さん。

その表情の意味が分からない俺たちは、揃って首を傾げた。

◆　◆

理事長室を出た俺と美月は、他の生徒会メンバー、あと2人の幼馴染が待つ生徒会室に向かっていて。

「んー、そんなに私たちの関係、変かなー？」

「……まぁ、一般的ではないだろう、とは思うけど――」

一般的な男子高校生の観点から見れば。仲の良い異性――それも婚約者と一緒に暮らしていて、色っぽい展開になる事がほぼ無いのは、確かに普通ではないのだろう。

だけど、それでも今の関係は居心地《いごこち》が良く、特に不満も感じていないわけで。

「――いいんじゃないか？　俺たちは俺たちで。美月が何か不満があるなら別だけど」

「うんっ、私も特に不満は無いから、まぁいいかな♪　今さらそっけなくするのも『雪菜《ゆきな》たち』みたいになるのも、ちょっと無理っぽいしねー」

「あー確かに『大河《たいが》』と『雪菜』、カップルらしいと言えばカップルらしいか。……『一般的か』と言われると微妙《びみょう》だけど」

今、名前が出た『大河』と『雪菜』とは、俺たちの幼馴染にして、生徒会のメンバーの残り2人。

長い付き合いではあるが、正式に『付き合い』を始めたのは、中学卒業後らしい。

そんな話をしていると、生徒会室の近くまで来ていて。

それに気付いた美月が、ニヤニヤ笑いを浮かべながら。

「──今、生徒会室にはその2人だけなんだけど、イチャイチャしてるかな？」

「いや、さすがに場所は弁《わきま》えてるだろ。俺たちがいつ戻《もど》ってくるか分からないんだし」

あの2人は仲が良いし、大河の方は空気が読めない所もあるが──人前でイチャつくのは好まない。

だから、いくら2人きりでも、学校でイチャついている可能性は低い──そう話しながら、到着《とうちゃく》した生徒会室の扉《とびら》を開けると。

潤んだ瞳で見上げる少女と、そこに顔を近づけていく、上半身裸《はだか》の男子生徒の姿。

「「あっ」」

「「……は？」」

俺と美月が出してしまった声に、室内に居た2人が反応し、こちらを見て。

「「「……………」」」

そのまま、時が止まった様な数秒が経過。

そして――先に我に返った俺と美月が、ほぼ同時に行動に移し。


「「部屋を間違えました」」


「っ⁉　待って違《ちが》うのぉぉッ‼」

言いながら閉めた扉の向こう。慌《あわ》てた少女の声と、ドタバタと駆け寄ってくる足音。

そして扉が中側から開かれ――幼馴染の少女が顔をだした。

「ここは生徒会室であってるよっ！　そ、それに――今のは違うからね⁉」

この顔を羞恥《しゅうち》で真っ赤にしている少女が、『沢渡《さわたり》 雪菜』。

少し茶色のかかった髪《かみ》を背中ほどまでのセミロングにしている、『正統派の美少女』とでも称するべき容姿で。

ネコ被りモードの美月を深窓の令嬢タイプとするならば、雪菜は『普通』の最上級とでも言うべきか。見る者にどこか親しみを感じさせる雰囲気を持つ。

美月と雪菜、どちらの容姿が好みかと人に訊けば、意見はきれいに分かれると思う。

普段は世話好きで穏やかな性格、そしてやや『いじられキャラ』的な立ち位置の雪菜だが……実は、一番怒《おこ》らせてはいけない人物。

それが何故かは——多分、そのうち語ることになると思う。

「いや、別に『相手が違う』とかでもないんだし、そんな慌てる事も——な?」

「うん！　仲が良いのは嬉しいよー。それに今の反応で『違うんだろう』ってのは分かったし。だけど……雪菜、ちょっと気になった事が」

「な、なに……?」

雪菜の様子から、本当にイチャついてたわけじゃないだろうとは察した。

……だけど、それはそれ。

俺《おれ》も気になったのは、先程《さきほど》の雪菜が慌てて口にした弁明の言葉で――

「『さっき『今の【は】違う』って言ったよね？』」

「……っ⁉　う、うわぁぁぁんっ！」

再び顔を真っ赤にして逃《に》げだし、部屋の隅《すみ》でしゃがみ込む雪菜。

……ほとんど自爆《じばく》とはいえ、少しカワイソウかもしれない。

「――美月、頼む」

「あいよー」

ダメージ源が羞恥である以上、同性の美月に任せた方がいいだろう。

「……あまり雪菜をいじめないであげてください、悠也」

苦笑しながら雪菜の方に向かう美月を見ていると、室内から声が掛《か》かった。

中にいるのはもちろん、先ほどの男子生徒で――同じく幼馴染の『大久保《おおくぼ》大河』。

常に一人称《いちにんしょう》が『私』の丁寧《ていねい》口調に、落ち着いた物腰《ものごし》。そしてその理知的な印象を与える端正《たんせい》な顔立ちは、典型的な生徒会長キャラとして乙女《おとめ》ゲーに居そうとすら思わせる。

俺が生徒会長ではあるが、知らない人なら確実に大河の方を会長だと思うであろう、理知的な雰囲気を持つ大河だが――

……覚えているだろうか？　先程まで、ヤツは上半身裸であった事を。

「……大河、いつの間に服を着た？　――というか、そもそも何故《なにゆえ》に脱《ぬ》いでた？」

「『脱衣《だつい》はじっくり、着衣は瞬時《しゅんじ》』、紳士《しんし》の心得です。そして脱いでいた理由は――」

……ツッコミ所は多々あるが、とりあえず今はスルーしよう。

「私の仕事は終わったので、悠也たちを待っている間、筋肉を育てて待っていようと思いまして。そのため、上だけ脱いでプッシュアップ（腕立《うでた》て伏《ふ》せ）をしていました」

……筋肉愛好の度合いが進むと、筋トレの事を『筋肉を育てる』と言うらしい。

理知系の極めて端正な顔立ちで、実際に知識も豊富、頭の回転も悪くない。

しかしその容貌《ようぼう》に反し、中身は筋肉信仰者《しんこうしゃ》にして少々ズレた思考の持ち主。

頭の回転自体は速く記憶力《きおくりょく》も高いのに、言動が時々バグる奇行種《きこうしゅ》。そんな極めて残念なイケメンで『外見詐欺《さぎ》』という表現がピッタリくる男――それが、大久保 大河。

　ちょっと頭が痛くなったので、美月が雪菜を慰《なぐさ》めている方に視線を送ると——

「雪菜ごめんねー。ほーら怖《こわ》くな～い、怖くな～い♪」

「わぅぅ……」

　……慰めているというより、怯《おび》えた子犬を手懐《てなず》けようとしている光景に見えるが——だけど、少し癒《いや》された。

「で、さっき雪菜に迫《せま》っていたのは？」

「ええ、雪菜が『目にゴミが入った』というので、覗《のぞ》き込んだだけです」

　……ここに関しては、思ったより普通《ふつう》な理由だった。

「それなら仕方ないかもしれないが。いくら恋人《こいびと》が相手でも……『そういう状況《じょうきょう》』でもないのに上半身裸で迫るのは、如何《いかが》なモノかと思うぞ？」

　半ば脱力しながら窘《たしな》めると——この脳筋紳士は視線を逸《そ》らし、気まずげな顔に？

「……改めて『恋人』と言われると、少々気恥《きは》ずかしいですね」

「今さら、そんな事で照れるのかいっ！」

　まだ回復していない雪菜は言うまでもないが……大河も何だかんだで純情派。

　こんな感じで思わぬツッコミを入れさせられたりと、仲を見守る友人としては疲れる事も多々あるのだが——

——こういう初々《ういうい》しさがあるから、一般的《いっぱんてき》なカップルに見えるのか……？

昨日の朝方の一幕を思い返してみると……うん、俺たちに『初々しさ』は無い。

「？　どうしました悠也？　もしや、理事長との話し合いで何かあったのですか？」

少し考え込んでしまった俺に、大河が訊いてきた。

「あー……案件の方は問題無かったんだが、雑談の方で少し。——雪菜が復活したら、その辺の事も話す」

◆　◆

雪菜の復活を待った後、理事長室での事を話した。

生徒会としての用件は、全く問題無く済んだ事。

そして、その後の雑談の内容を話した上で、意見を訊いてみようと思い——

「——俺と美月、そんなにイタしてる様に思われてるの？」

「…………」

　お2人の反応は、気まずげに黙《だま》って顔を逸らすという、とっても分かりやすい回答。

「──まぁ、薄々《うすうす》はそう思われてるだろうと感じてはいたけど……そんなにか」

「私たち、こんなに清く正しいお付き合いしてるのに、ねー？」

　美月の言葉に合わせ、俺も『なー？』と。

　ちなみに──本気7割、冗談《じょうだん》3割くらい。それで雪菜と大河の様子はというと。

「…………………はぁ」

　しばらくジト目でこちらを見てから、とっても重たい溜《た》め息《いき》を吐《は》いた。

「……雪菜。2人にアレをお見せした方が良いのでは？」

「そうだね……私もそう思ってた」

　そんな遣り取りの後、雪菜は生徒会室に備え付けのノートPCを起動。そこに鞄《かばん》から出したUSBメモリーをセット。

「……えっと？　『アレ』って何の事？」

　その様子を不思議そうに見ながら言った美月と、同じく状況が理解出来ていない俺に、
大河は至極冷静な表情で口を開いた。

「実は、2人がイタしていると思うか否《いな》か、アンケートを取った事がありまして」

「……………何故《なぜ》に？」

「悠也の父上の『2人の関係が学校でどういう認識《にんしき》なのか知りたい』という発言からですね。ちなみにアンケート対象はクラス内のみですので、安心してください」

――安心できる要素は何処《どこ》だろう？　そしてウチの父は何を考えているのだろう？

俺たちの世間体の調査の一環《いっかん》なんだろうが……あの『やり手経営者』のプライベートの姿を知っている者としては『ただノリで』でもおかしくないとも思うワケで。

と、俺と美月が唖然《あぜん》としている間に、雪菜がデータの表示された画面を見せてきて。

「――はい。これが調査結果」

「「……どれどれ」」

当然イタしているだろう：68％

・スポーツ感覚でヤってそう。

・鳥羽《とば》くんが乗り気じゃなくても、美月ちゃんから絡《から》んでいきそう。

・あの距離感《きょり》の伏見《ふしみ》さん相手に我慢《がまん》しきるなんて、ヤってなければＥＤ疑う。
・爆発《ばくはつ》しろ（同コメント多数）。

イタしているハズが無い：８％
※コメント省略（腐）

その他＆無回答：24％
・……今さら訊くまでもなくない？（同系コメント多数）

「…………………」

……つまり。クラスのほぼ全員が、俺と美月はイタしていると思っている？

「――ねぇ悠也？」

「なんだ美月？」

少し、真面目《まじめ》な顔で何かを考えた様子の美月が、俺に向かって。

「悠也、ＥＤだったの？」

「違うわ」

……こういう状況で美月が真面目な顔をしている場合、大抵ロクな事は言わない。

そしてソレは美月だけではなく――

「――悠也」

「……なんだ大河」

真面目な顔で声を掛けてきた大河に、若干《じゃっかん》ウンザリしながら応えると。

「今後の家系存続のためにも、ご家族に相談の上で早めの治療《ちりょう》をした方が良いかと」

「だから違うわっ！」

美月と大河の言動は似通っているが……分かった上でネタとしてやっている美月と、完全に天然モノの大河という、大きな差がある。

……タチの悪さは、どっちもどっちだけど。

と、俺と大河が話している間に、女子2名は俺と大河をチラ見しつつコソコソと。

「……で、雪菜？　この『コメント省略（腐）』の方なんだけど、相手は――」

「……うん、たぶん想像通り。大河くんにも見せてないけど――詳《くわ》しく見る？」

「是非《ぜひ》に」

……聞かなかった事にしよう。精神衛生上、余計な事は考えない方が良いと判断。

とりあえず今は、データを所持している雪菜に冷たい視線を送るだけに留《とど》めておく。

「――こほん。ところで……実際のところは、どうなの？」

視線に気付いた雪菜が、わざとらしい咳払《せきばら》いの後、誤魔化《ごまか》す様に言ってきた。

「「実際のところ？」」

「うん。その……イタしていないっていうのは分かったけど――家でもほとんど一緒《いっしょ》に居て、『そういう雰囲気《ふんいき》』になったりはしないの？」

「「ん――……」」

言われ、2人で考えてみる。

「……ほとんど無いよな？」

「ね？　別に『異性として見ていない』とか『そういう事はイヤ』とか思っているわけじゃない、と思うんだけど――」

「――同じく。欲求が無いわけじゃないんだけど、そういう雰囲気にならないし、空気を作ろうとも思わないっていうか――」

客観的に見ても美月は綺麗《きれい》だと思うし、そんな子が無防備な姿を見せてくれる事を、役得と嬉しく思ってもいる。だから当然、美月を異性だと意識してもいる。

だけど何故か『そういう雰囲気』にはならない。それは、強《し》いて言うなら――

「「強いて言うなら『選択肢《せんたくし》が出ない』って感じ？」」

「恋愛《れんあい》ゲームじゃないんですから」「エロゲーじゃないんだよっ⁉　……あっ」

こんな珍回答《ちんかいとう》ですら発言が被った、俺と美月。

一方、ツッコミ側の発言は割れたのだが、どっちが誰《だれ》の発言かというと。

「「「…………」」」

「……と、とにかくっ！　い、意図的に避《さ》けてるとかじゃないんだねッ⁉」

揃《そろ》って『……おや？』という視線を向けられた雪菜が、顔を赤くしながら話を進めようとしてきた。

ちょっと涙目《なみだめ》入っている姿に、全員が『イジるのはカワイソウ』と判断。

「――悠也も美月さんも、別に『相手がイヤ』等といった事はないんですよね？」

雪菜の様子に苦笑いを浮《う》かべた後、こちらに訊いてきた大河。

それに軽く安堵《あんど》の息を吐く雪菜を横目に見ながら、考える――までも無い事を返答。

「それはもちろん。いまさら美月以外とか、ちょっと考えられない」

「私も悠也以外は無理かなー。ね？」

当然の事として答えた俺と、どこか楽しげに話す美月。

「……やっぱり、こういう事を照れも無く言えちゃう所が原因だと思う……」

「確かに──内容は甘《あま》ったるいのに、当人たちにそんな雰囲気は一切《いっさい》無いですね……」

頭が痛そうに言う2人を見て、何を言いたいかは何となく理解した。

この手の言葉を照れも恥《は》じらいも無く言えるから『ご夫婦』とか言われて。

だけど俺たちとしては『当然の事』という認識のため、周囲の認識とズレが生じる。

こんな理由で、理事長の露木さんまでもが心配する状況になった、という事だろうか。

「あはは……なるほどねぇ。原因は分かったけど──どうしようもなくない？」

「──だな。演技しろって事なら出来なくもないが……まぁ実害は無いし、そこまでする必要も無いだろ」

美月が言ったとおり、いまさら『これからは照れろ』と言われても無理。

それによって『より進展している様に思われる』というのが害といえば害だが……疑われても、事実が無い以上はもちろん証拠《しょうこ》も無いので、影響《えいきょう》は無い。

「っていうかさ？　明日香お姉さんからは『本当に大丈夫《だいじょうぶ》なんですよね？』と確認《かくにん》されただけだから、そもそも問題なんて起きてもいないよね？」

「……言われてみれば。美月さんも悠也も、仲が良い方に誤解される分には構わないのですからね」

大河が言う通り『お互いの余計な異性除《よ》け』という観点から見れば、むしろ誤解されていた方が良いまで有り得る。

だから『このままでも構わない』――という結論に落ち着きそうになったところで。

「でも……実際こんなに仲が良いのに、なんで『甘い雰囲気』にならないの？」

雪菜の発言で、再び思案に戻る事になった。

「……言われてみれば。明日香お姉さんの所では『慣れ？』って言ったけど……私たち、慣れるほど甘い雰囲気になった事、あったっけ？」

美月に言われて思い返すと――慣れるも何も、そういう雰囲気になった経験自体が、ほとんど記憶《きおく》に無い。

──周囲との認識のズレ問題より、こっちの方が謎《なぞ》で……俺たち2人の問題という意味では深刻なんじゃ……？

「……これが本当に恋愛ゲームなら『必要なフラグが立っていないのでは？』などと言えるのですがね」

「あはは……本当に、ゲームなら楽なんだけどねぇ。だけど、いまさら美月ちゃんたちが立てていないフラグなんて──……あれ？」

何気なく言った大河に、軽く返そうとした様子の雪菜が──何かを考え始めた？

「？　雪菜、どうしたの？」

「……うん。ちょっと思い返してみたんだけど──」

美月に訊かれ、雪菜は考えながら、少し躊躇《ためら》い気味な様子で口を開き。

「美月ちゃんたちが、カップルっぽく手を繋《つな》いだりしてる所、見たこと無いなって……」

「……………あれ？」」

少し意外な指摘《してき》。言われて思い返してみると。

「……確かに無い、かも。──美月？」

「──私も記憶に無い。なんでだろ？」

だから何だという話ではあるけれど……確かに、手を繋いだ記憶は無い。

パーティ等でエスコートする時や、幼い頃《ころ》の学校行事などではあったかもしれないが
──プライベートでとなると、記憶が一切無い。

「……本当に、なんで無いんだ？　──繋いどく？」

「そうだね、いいよー。せっかくだから恋人繋《こいびとつな》ぎね♪」

そんな楽しそうに言ってくる美月をみながら──なぜ今までやってなかったのか、繋いだら美月はどんな反応をするだろうか。そんな事を考えながら。

俺の右側に美月がきて、俺の右手と美月の左手が──

「「──あれ？」」

手が触《ふ》れる直前で、お互いに動きを止めて離れた俺たち。

それを見た雪菜と大河は、不思議そうな顔で。

「え？　どうしたの？」

「……いや。何でもない……よな？」

「う、うん。何でもない……よね？」

正直、かなり動揺《どうよう》している自覚はあるけど――『そんなわけが無い』とも思い。

「……よし。やるぞ、美月」

「う、うん……！」

意を決した俺たちと、それを『ワケが分からない』といった顔で見ている雪菜たち。

……実は、俺たち自身が『ワケが分からない』んだけど。

とにかく。俺たちは恐《おそ》る恐る――だけど確実に距離を縮めていき。

手が触れ、互いの指を絡めるように繋いで――

「「…………………ッく!?」」

しばらく耐《た》えたけれど――我慢出来ず、慌てて手を離して距離を取る。

「「……え？」」

雪菜と大河が『信じられないモノを見た』といった顔をしているけれど……『信じられない』のは、俺たちも同じで。

「――悠也くんも美月ちゃんも……なんで、そんな赤くなってるの……？」

雪菜が唖然とした様子で口にした通り。

俺と美月は……自分でも自覚できるくらいハッキリと、顔を真っ赤にしていた。

◆　◆

「反省会をします」

「あ、あははは……」

今は自宅マンションの俺の部屋で、美月の２人だけ。

あれから——本当に自分でも何が起きたか分からなかったため、少し落ち着きたかったのもあって、あの場で解散。

俺と美月は帰宅後、お互いの部屋で用事を済ませてから——夕食前にもう一度話し合おう、という事に。

「さて。いろいろ考えたんだが——先に少し確認。……イヤでは、なかったよな？」

「うん、イヤではなかったよ。ただ……ね？」

美月が言わなかったセリフは、訊くまでも無かった。

なぜならソレは、まず間違《まちが》いなく俺と同じで。

ハッキリ言うと——激烈《げきれつ》に気恥ずかしく、テレくさかった。

「い、いやー、不思議だよねっ⁉　ノーブラのタンクトップ1枚で直に抱《だ》きつくのは平気なのにねっ！」

「はっはっは！　それはそれでどーかと思うけど、確かになッ！」

思い出し赤面しながら、誤魔化すようにテンション高く言う俺たち。

俺も頬が熱くなっているのを自覚しながら、とりあえず話を続ける。

「……それで、少し考えてみたんだけど。思い返してみれば俺たち、恋人っぽい事はほとんどしてこなかったな、と」

「うん、それは私も思ったよ。何て言うか——『言い訳が出来ない恋人っぽい事』は、あんまりっていうか……むしろ避けてたよね？」

美月が言う通り、俺たちの行為は——全部とは言わないが、少々無理すれば『仲の良い兄妹《きょうだい》』で通せるものがほとんど。

それ以外も、多くがノリやウケ狙《ねら》い、または対外的に関係を示すための演技で、自分の欲求に従って行った事は——記憶にある限り、ほぼ無い。

『避けていた』という部分に関しても……親から『卒業まではイタすな』と言われていたため、理性が飛ぶ様な状況・雰囲気になる事は、確かに避けていた。

そして高校に入る前も……『避けていた』と言われれば、思い当たる節《ふし》は幾《いく》つも。

その理由は——テレくさいから。

物心ついた頃、恋愛云々《れんあいうんぬん》を意識する前から『仲が良い許嫁《いいなずけ》』だったため、改めて恋人っぽくするのが気恥ずかしかった。

……もしかすると、パーティ等で『それらしい仲』を取り繕《つくろ》ったりしているのも、悪い方向に作用しているかもしれない。

とにかく、そうして避けてきた結果が、今の『まともに手も繋げない』という状況。

今回は——『恋人繋ぎ』なんて言ってしまった事がキッカケではないだろうか？

「自覚すると、己《おのれ》のヘタレ感がひどいな……」

「あはは……私も同じ感じだし、悠也だけでもないよー」

揃ってテーブルに突《つ》っ伏《ぷ》し、凹《へこ》む俺たち。

俺たちは物心がついた頃から幼馴染《おさななじみ》で親友で、兄妹の様なモノで——同時に『許嫁』。

だから恋人期間などの『徐々《じょじょ》に仲が良くなる』という過程は通っていない。

『ご夫婦《ふうふ》』等と言われ、実際に婚約《こんやく》関係の俺たちだが……実際は恋人経験も無かった。

「言ってみれば——俺たち、『夫婦以上、恋人未満』、ってところか？」

「あー……言いえて妙《みょう》かもー」

机に突っ伏し『ぐで～』っとしながら言った言葉に、美月も『ぐで～』っと返答。

「ついでに言うとー、俺たちが『夫婦』とか言われてもピンとこなかったのも、ちゃんと段階踏《ふ》んでないからかもなー。自覚が無いっていうかー」

「あー……なるほどねー」

なおも突っ伏したまま話すが——実は、落ち込んでいるわけではなかったりする。

——なんだろうな、この感覚？

思わぬ事態の発覚にショックを受けたのは事実だが、それで凹んではいない。

むしろ、理由も分からず行き場の無い感情が湧《わ》いていて、微妙にイライラと——

「——ねぇ悠也～。……なんか、気にくわなくない？」

その美月の言葉は、まるで俺の内心を代弁したかの様なタイミングと内容で。

だから——体勢はそのままながら、意識はしっかりと美月に向け、話す。

「俺も、なんかイライラしてるんだが……自分でも理由が分からない」

「んー。私のは、さっき悠也が言った『夫婦以上、恋人未満』が理由だねー」

そう言った美月は――口調は変わっていないものの、声色《こわいろ》に微《かす》かなイラ立ちを宿し、続きを口にした。

「……『夫婦以上』はともかく『恋人【未満】』っていうのが、なんかヤだ」

「――ああ、なるほど。そういう事か」

美月の言葉で、俺のイラ立ちの理由も分かった。

『俺たちの関係にケチが付いたようで、気にくわなかった』

これが、俺がイラ立っていた理由。

それが分かったならば、と。俺は身体を起こし、美月の方を向き。

「――じゃあ、最初からやってみるか？『恋人関係』」

「んー……そうだねぇ」

そう言ったまま、動きが無い美月。

気が乗らないのか……と、思って見ていると――あれ、耳が少し赤い……？

……思い返してみると、そこそこ気恥ずかしいセリフだった気がしてきた。

「あ、あー、ほら！　一気にじゃなく、徐々に意識改革からというか……まぁ、イヤなら無理にとは言わない――」

と、俺が言い終わる前に、美月が身体を起こし。

「あ、あはは……イヤではないし、むしろ面白《おもしろ》そうとは思うんだよー。だけど……いまさら改まって『恋人関係』とか言われると、こっ恥ずかしいというか――」

「あ、ああ。まぁ確かにそうだな……」

赤い顔で言われると、こちらも更《さら》に気恥ずかしくなるわけで。

「「…………」」

揃って赤い顔で、やや視線を逸らし。

悪い気はしていないのに、乾《かわ》いた誤魔化し笑いを浮かべ――た所で、フと我に返った。

「……コレだ」「正にコレだね」

『今さら改まるのは気恥ずかしい』という理由で気まずくなった今。

……これは相当に厄介《やっかい》そうで──だけど、同時に救いもありそうだった。

「美月。一応確認するが……イヤではないんだよな？」

「うん。むしろ、面白そうだって思ってる。悠也もでしょ？」

「まぁ、悪い事にはならないだろうし。どうなるか楽しみではあるかな」

……恐らく俺たちが恋人っぽい事を出来なかった理由は──今までの関係が心地《ここち》よくて、そこから変化させる事を無意識に避けていた、というのもあるのだろう。

だけど今はお互《たが》いの考えを整理できたせいか、変わる事を『面白そう』と捉《とら》えている。

その理由は──俺たちの関係が悪い方向に進む事は無いと、そう思っているから。

俺と美月は、そう信じられるくらいの関係を、とっくに積み上げてきている。

「んじゃ、そういう事で──ぼちぼちやっていきますか」

「あはは っ、そうだねー。改めて、よろしくね悠也♪」

そう笑《え》みを交《か》わし。こうして、これからの指針は決まった、のだが。

「──さて。今後の方針は決まった所で……夕飯どうする？」

先々の人生の大きな課題よりも……現在の生活の小さな問題が眼前に。

食事はいつも当番制。順番で言うなら今晩の夕食は美月の番だが、話し合いがどの程度かかるか分からなかったため、今日は２人でサクッと簡単に作ると話してある。

時計を見ると、いつもよりかなり遅《おそ》い時刻。

……一度そう認識してしまうと、一気に空腹感が押《お》し寄せてくるわけで。

「あ、もうこんな時間……手っ取り早く作れるのが良いよね。何か食べたいモノある？」

「んー……麻婆豆腐《マーボーどうふ》とかはどうだ？」

拘《こだわ》らなければサクッと作れるし、ご飯は早炊《はやだ》きモードでやればいい。

急げば30分くらいで食べられる――と思っていたが、美月は少々難しい顔で。

「麻婆豆腐……んー、豆腐抜《とうふぬ》きで良いなら」

「良いわけないよな？」

豆腐抜きの麻婆豆腐なんて、ただの挽《ひ》き肉《にく》入り辛汁《からじる》じゃねーかと。

……ご飯にかければ、それはそれで美味《おい》しそうではあるけど。

「今日は買い物しないで帰ってきちゃったせいで、豆腐の残量が微妙《びみょう》なんだよー」

「あー、なら仕方ないか。じゃあ、美月は何か食べたいモノは？」

「んー……それなら中華《ちゅうか》つながりで、青椒肉絲《チンジャオロースー》！」

「青椒肉絲か……」

──あれ牛肉だよな。そうなると……。

「青椒肉絲、ピーマンだけになりそうだがＯＫ？」

「良いわけないよね？」

──だって。豚肉《ぶたにく》や鳥肉はあるけど、牛肉はシチュー用のスネ肉しかないんだもん。

「鳥肉はあるから棒々鶏《ばんばんじー》はいけるけど、アレは手っ取り早くはないしな……」

「……こんな事なら、冷凍餃子《れいとうぎょーざ》でも買っておけば良かったよね」

冷蔵庫内の適当な野菜で無難に野菜炒《いた》め＆玉子料理で済ます事もできるが、俺も美月もターゲットは完全に中華一色になっていた。

「んー、手っ取り早く食べれる中華……あ、そういえば──」

──10分後。

「『いただきまーす』」

揃って言ってから、ほぼ同時に『ずぞぞぞー』と、麺《めん》をすすり始める俺たち。

……そんなわけで、今日の夕飯はカップらーめん。それに冷凍《れいとう》のミックスベジタブルを載《の》っけて、申し訳程度に野菜分を確保して完成。

「……これを中華料理と言うのは、かなり微妙な気もするがな」

「美味しいからイイのー。細かい事は気にしない♪」

たまに無性《むしょう》に食べたくなるカップ麺。完全に手抜《てぬ》きだけど、たまには良いか。

「あー、そうだ。作りながら考えてたんだけどさ？　これから毎日少しずつ、恋人っぽい事の練習しないか？」

ラーメンすすりながらだが、さっき思いついた事を話してみた。

「恋人っぽい事？　いいけど——何するの？　雰囲気作ってイチャイチャとか？」

「いきなりソレやると、お互いフザケて逃げるだろ」

「あー……そうかも。芝居《しばい》口調かお嬢様《じょうさま》モードに入って、ネタにして逃げそう」

美月が先にフザけだして、俺もヘタレてそれを幸いと話にノッて有耶無耶《うやむや》に——っていう展開が容易に想像できる。

「だから、簡単な事から少しずつ、だな。……なにせ手も繋げないんだし」

「なるほど。それなら、まずは──短時間見つめ合う、くらいにしてみる？」

「ふむ、いいかもな。簡単すぎる気もするが……こういうのは意識が重要そうだし」

「うん、そうだね。じゃあ『逃《に》げない』『恋人の練習』を意識して、って感じかな？」

「──そうなるかな。んじゃ早速《さっそく》、今から……とりあえず30秒くらいでどうだ？」

「そだね、最初なら妥当《だとう》なとこだと思うよー」

……どうでもいいけど。こんな事をカップ麺すすりながら話している時点で、既《すで》にいろいろ間違っている気もする。

だけど『そこら辺も変わるかも？』という事で、早速チャレンジ。

「──じゃ、やろう。瞬《まばた》きはアリ、視線逸らしと会話はナシで30秒」

「あいよー。じゃあカウントダウン。3・2・1──始めっ」

お互い、さすがに食べるのも止《や》めて、無言で見つめ合う俺《おれ》たち。

「「…………」」

「「……………っ」」

「「ッ！　…………………………」」

──時間終了《しゅうりょう》。

「……お疲《つか》れさまでした」

お互いにそう言い、無言で再びカップ麺をすすり始める俺たち。

……自分の顔がどうなっているかは、確かめるまでもない。

しばらく無言で、チャレンジ開始前より明らかに激しく麺をすすり続け。

「……なあ美月？」

「……なに、悠也？」

だいぶ落ち着いてきた所で、意を決して口を開く事にした。

「俺　た　ち　弱　ッ　⁉」

「あ、あはは……動揺しないでいられた時間、10秒も無かったよね！」

……最初の数秒で、焦点《しょうてん》を相手の瞳《ひとみ》に合わせ。

視線と焦点が落ち着いた所で――『ああ、向こうもこっちを見てるな』と改めて気付いた時点で動揺開始。ここが大体10秒地点。

そこから、相手も動揺しだした事に気付いた事で更に動揺。

『これはヤバイ！』と思い、余計な事を考えずに相手の瞳に映る自分に意識を集中。

終わった後は……とりあえずカップ麺に集中して気分を切り替《か》えなければ、まともに話す事も出来ないレベルで消耗《しょうもう》していた。

「……明日からは20秒にして、徐々に慣らしていこう。――OK？」

「……そだね。今のまんまじゃ『恋人《こいびと》っぽく』以前の問題だし、ちょっと悔《くや》しい」

「全くもって同感。……だけど急ぐ事でもないし、無理しない程度でやっていこうか」

と言ったところで――なんとなく気まずく、視線をさまよわせる俺たち。

しかし、いつまでもこのままというワケにもいかないため――口を開く。

「あー……その、美月さんや？」

「えーっと……なんでしょうか、悠也さんや？」

まだ動揺は消えていないため、とりあえず無難な事から。

「――カップ麺の汁に、ご飯入れるか？」

「もちろん入れる」

俺も美月も、カップ麺の汁にはご飯入れてシメる派。

テーブルマナーとか知りません。――いいじゃん、たまにやるくらい。

……こういう会話も『逃げ』の一種なのかなと、思わなくもないけれど。

同時に深く考えない方が良いんじゃないか、とも思うわけで。

「――しかし昼は牛丼《ぎゅうどん》で夜はコレって……一人暮らし始めたばっかの男子大学生かと」

「たまにだから良いのー。それに下手にレストランとかで食べるより、こういうご飯の方が幸せな感じがするしー」

実際、ラーメンの汁に浸《ひた》ったご飯を掻っ込む美月は、確かに幸せそうな顔で。

……まぁ確かに、幸せな感じはするな。

「？　どしたの悠也？」

「――いや、何でもない。……卵、入れればよかったなと」

「あっ！」

そんな雑談と、明日の予定などを話しながら、食事を進めた。

……お互い、少し赤い気がする顔には、気付かなかった事にして。

2章 ∨∨∨ 隠しごとは何ですか？

「──ん？　これは……」


──朝。PCで先月分の家計簿《かけいぼ》を見ていた俺は、思わず眉《まゆ》を顰《ひそ》めた。

……いや、『朝から何やってるの？』って声が出るかもしれないが、必要な事で。

家計を同じくしている俺と美月《みつき》は、毎月交替で家計簿を付けていて。

それが今月は俺の番。今日は少し早く目を覚ましたので、せっかくだからと思い立ち、月初から今日までの分を入力して。その際に、気まぐれで先月分を見ただけ。

で。眉を顰めた理由だけど。

俺たちは月初に、その月の予算を『生活費』『俺の分』『美月の分』に分ける。

俺と美月の分は『お小遣《こづか》い』的な、個人的に自由に使える金。それぞれのスマホの料金や下着以外の服など、生活に絶対必要なもの以外は、全《すべ》て各自の分から出す。

そして生活費は、光熱費・食費や医療費《いりょうひ》の他、文房具《ぶんぼうぐ》や下着などの消耗品《しょうもうひん》、共同で使う家電・生活雑貨なんかもここから出す。それで残金は貯金に回している。

それで——問題は、先月分の生活費の出費が大きかった事。

原因を調べてみたら、美月が『消耗品』として、いつもより大きな額を出していた。


「——ふむ。美月がセコイ真似《まね》するはず無いけど……」

大騒《おおさわ》ぎする程ではないが、無視するには大きい額。

……悪用したとは思わないが、事情を聞く必要はありそうか。

都合良く、今日は美月が朝食の当番。

体調悪かったりしない限り、朝の内に話せるだろう。

と、そう結論を出した時——既に開けておいたベランダの方から足音が。


「おっはよー。ごはん作りに来たよー」

美月さん登場。とっても元気そう。

既に制服に着替《きが》え、髪《かみ》をポニテにした美月が、テンション高く入ってきた。

──うん、時間の余裕《よゆう》もある。今の内に話してしまおう。

「おはよっ悠也《ゆうや》──あれ、なんか難しい顔して、どうしたの？」

「……美月、悪いけど座《すわ》ってくれ。少し話があるんだ」

「？　いいけど──何？」

怪訝《けげん》そうな顔で、俺の向かいに座る美月。

──やっぱり、やましい事はありそうにないが……。

「今、家計簿を見ていたんだが……先月分の事で少し。何か思い当たる節は無いか、胸に手を当てて考えてみてくれないか？」

言われ、本当に自分の胸に手を当てて考え始めた美月。

「んー、先月……？　──あっ」

「──何かあったのか？　別に悪い事とは思ってないが、事情を聞きたいんだ──」

何かに思い至った様子の美月に言うと……少し得意げな顔になって。

「うん。胸のカップが上がった」

「──え、マジで？　……って違《ちが》うわッ！」

思わず反応したが――『胸に手を当てて』って、そういう意味ではなく。

「悠也も男の子だよねぇ……」

……バッチリ視線まで動いてしまった事にも、気付いているご様子。

「――やかまし。……で？　実際のところ、何か思い当たった事はあったのか？」

こういう状況《じょうきょう》で、美月が無意味に茶化《ちゃか》すとは思えない。

だから先の発言も、何か意味があると思うんだが――

「うん……カップが上がった関係で、下着をまとめて買い換《か》えたんだよ」

「――違くもなかった。……まぁ、うん。それなら納得《なっとく》」

服飾《ふくしょく》関係は各自の分からだが、下着は生活費から出す事になっている。

多くの場合、女性は服飾や化粧品《けしょうひん》、その他諸々《もろもろ》の消耗品と、大抵《たいてい》は男より出費が多い。

俺はそれら全てを個人で出させるのはフェアじゃないと思ったため、最初は衣服も生活費から出そうとも言ったんだが――

『それだと好きなのを気軽に選べないから』

美月がそう言って断ったため、最終的な妥協点《だきょうてん》が――消耗品と下着は生活費から。だけど衣服や、ベルト・アクセサリー等の身だしなみ関係は各自。

だから、これで納得した。……納得はしたけれど――ここで少し知的好奇心《こうきしん》が。

「――別に文句とか疑っているとかじゃなく、ただ気になっただけなんだけど……女性の下着って、どれくらいするの？」

男は知らなくて当然の知識のため、本当に少し気になっただけで――

「ん？　悠也、女性下着に興味あるの？」

「言い方っ⁉」

「あははっ、ごめんごめん♪　――で、値段だけど、本当にピンキリだよ？　それこそ数百円から……『必殺ッ！』って感じのとかだと、諭吉《ゆきち》さん1人じゃ足りないし」

「……『必殺』て。そういうの美月も持ってるの――あ」

言ってから失言に気付いた……が、美月は特に気にした様子も無く。

「ううん？　だって見せる予定の相手には、まだ見せたらマズそうだし♪」

むしろ楽しそうに、そんな言葉が返ってきました。

……まだイタすわけにはいかないため、理性飛ばす系の装備は確かに困る。

「――まぁ、うん。そうだな」

こういう方面の話題は、いろいろ反応に困るわけで。

軽く動揺している俺に、美月は楽しそうに笑って……ダメ押しをしてきた。

「――それに悠也って、そもそも露出度《ろしゅつど》高い下着とかって好きじゃないよね？」

「………伏見《ふしみ》美月さま。何を言っておられるのでしょうか？」

「そちらこそ、何を言っておられる鳥羽《とば》悠也さま。――私に隠せるとでも？」

何故《なぜ》かとっても丁寧語《ていねいご》になった時点で、真偽《しんぎ》の程は察してください。

「……そっち方面の嗜好《しこう》、言った事も匂《にお》わせた事も無いと思うんだが？」

「普段《ふだん》から見ていれば察しは付くよ。テレビやゲーム画像見ている所とか。悠也は――肌《はだ》色《いろ》面積は少なくても、身体のラインが出る服が好きだよね？」

……大当たりです。下手なミニスカートよりジーンズの方が好き。水着とかに関しても、キワドイのは安心して見ていられないから、あまり好きではなかったりする。

「……なんで、そんなんチェックする気に？」

「んー……『あれ、露出《ろしゅつ》高いのは好きじゃないのかな？』って事に気付いたのが最初で――そこから『じゃあ何が好きなんだろ？』とか『変な性癖《せいへき》持ってないかなー』って感じの、おもしろ半分で♪」

「……『おもしろ半分』て。じゃあ、もう半分は？」

と、何気なく訊《き》くと。なぜか美月は眼《め》を泳がせ、少し躊躇ってから。

「……まぁ、無関係な話じゃないな、って」

少しだけ頬を染め、気まずそうに言う美月。

──確かに、無関係ではないな。……敢《あ》えて『何故か』とは言わないが。

「ちなみに……俺に何かヤバイ感じの性癖があったら、どうする気だった？」

今のところ、自分にアブノーマルな趣味《しゅみ》は無いと思う。

だけど、もし変な嗜好を持っていたり、今後目覚めたりしたら──

「──え？　もちろん見て見ぬ振《ふ》りして、さりげなく全力回避《かいひ》かな？」

「…………ですよねー」

少し安堵《あんど》したと同時に──何故か残念な気もするのは、仕方がない事だと思います。

「さて、っと。そろそろ時間が危ないし、ご飯の支度《したく》しちゃうねー」

俺の心情を知ってか知らずか、アッサリと話を変えて朝食の支度に向かおうとする美月。

本来はありがたいのだが──今日は少し事情が違って。

「——美月。支度はある程度やってあるから、一緒《いっしょ》にサクっと弁当も作っちゃおう」

「え、お弁当？　いいけど……なんで？」

学校での昼食、俺たちは基本的に学食か購買《こうばい》で買って食べている。

たまに朝食の当番をした者が弁当を作り、その場合いつもの昼食代を自分の懐《ふところ》に入れられる、というシステムでやっている。

だけど、今回はいつもとは違う理由で。

「今日は全校集会あるだろ？——大丈夫《だいじょうぶ》なのか？」

「あ」

◆　◆

またも突然《とつぜん》だが。俺は生徒会長で、美月は副会長。

だから行事があれば、生徒たちの前に立つ事もあるわけで。

「——最後に。定期考査まで3週間となったため、通例どおり今日から放課後、第2会議室を自習室として解放します。図書室が混雑している場合等に活用してください。――生徒会からは以上です」

そんなわけで。現在は全校集会、その中で生徒会からの連絡事項《れんらくじこう》を伝え終えた所。

そして美月はというと――

「――鳥羽会長、ありがとうございました。続いては風紀委員からの連絡《れんらく》です」

ステージ脇《わき》で司会を務めている美月は、髪を下ろしたお嬢様モード。

しかも以前のパーティの時とは違い、役職持ちとしての凛《りん》とした空気を纏《まと》っている。

……今の美月からは、涎《よだれ》を流して爆睡《ばくすい》していた姿など、誰《だれ》も想像出来ないだろう。

――本当、よく化けるよな……。

出番を終えてステージを降りた俺は、美月とは反対側のステージ脇からさりげなく観察し、改めて実感。

軽くメイクと髪型《かみがた》を変え、あとは表情と振《ふ》る舞《ま》いだけで完全に化けきる美月。

ウチの学年は大丈夫だが……普段の姿を知らない一年生には、完全に騙《だま》されている生徒も少なくない。

と、そんな事を考えている内に、ステージ上では風紀委員長の女子が話を始めていて。

「——先週はお騒《さわ》がせ致《いた》しました。今回の件の顛末《てんまつ》は後日お知らせいたしますが……とりあえず、これを理由に校則の改定や取締《とりし》まりの厳格化に動く事は無い事をお約束します。今後は生徒会の方々と協議を重ねた上で——」

……実は、昨日も学校に来ていた理由は、彼女《かのじょ》が話している件が原因だったりする。

放課後に話し合いがあるため今は語らないが——まぁ面倒《めんどう》だったな、という感想。

収拾《しゅうしゅう》がついて良かった、などと思いながら——フと美月を見ると。

「——♪」

コッソリこちらに視線を送り、身体の後ろで俺からしか見えない様にピースサイン。

苦笑いを返すと、一瞬《いっしゅん》同じ様な表情を返してきてから、凛とした顔に戻《もど》った。

……あのお嬢様モード、やはり少々ストレス的なモノが溜《た》まるらしく。

人前で化けの皮が剥《は》がれる様なヘマはしないし、後の授業もしっかりと受けるが……。

——弁当、用意してきて良かったな、やっぱり。

◆　◆

昼休み。

前の授業の片付けをし、『2人分の弁当』を用意した所で、背中と頭に重みが。

「ゆぅ～やぁ～、つ～か～れ～たぁ～っ」

座っている俺の後ろから、負《お》ぶさる様にのし掛《か》かって来たのは、もちろん美月。

……口調も態度も、完全にダラけ切っている。

予想していた俺は振り返りもせず、弁当箱を開き、一口ハンバーグを箸《はし》で摘《つま》む。

「はいはい、お疲れ様。――ほいよ」

「わ～い♪　――はぐっ、……もぐもぐ。ん～、癒《いや》されるぅ……！」

差し出されたハンバーグを口に入れ、幸せそうに表情筋を緩《ゆる》ませる美月。

「それ、普通《ふつう》の冷凍食品だぞ？」

「悠也からもイロイロ吸ってる～」

「返せ妖怪《ようかい》」

そんな遣《や》り取《と》りをしながら、俺は自分の口と美月へと、交互《こうご》に弁当の中身を送る。

「あ、あはは……相変わらずだよねぇ、美月ちゃん」

「……もはや恒例《こうれい》の光景ですからね」

苦笑いを浮《う》かべながら、そう言って近づいて来たのは、もちろん雪菜《ゆきな》と大河《たいが》。

「だって疲れたんだも～ん」

「……まぁ、美月が被《かぶ》ってるネコは相当ブ厚いから、なかなか重いんじゃないか？」

言いながら一口サイズのサンドイッチを差し出すと。

『ぱくっ』と食いつき『もっきゅもっきゅ』と、幸せそうに食べる美月。

周囲を見ると、苦笑いと共に、生温かい視線が俺たちに向けられていて。

と、その中の1人の女子が話しかけてきた。

「だけど――美月、そんなになるなら無理して演技しなければいいのに。別に本性《ほんしょう》隠《かく》してる、ってわけでもないんでしょ？」

純粋《じゅんすい》な疑問だけでなく、少し心配もしている様子の言葉。

「んー、でもほら。私は将来的に、ネコ被る機会が多くなりそうだから――今の内に少しは場数を踏んで、慣れておきたいんだよー。だから、ああいう場くらいはねー」

と、若干《じゃっかん》申し訳なさそうに語る美月。

それは嘘《うそ》ではないが――本当のコトを知ってる俺は、話を振られないように少し多めに口に詰《つ》め『もっきゅもっきゅ』と咀嚼《そしゃく》に集中。……美月作の玉子焼き、うまっ。

と、俺が現実逃避《とうひ》している間に、今度はクラスメイトの男子が。

「だけど毎回そんなに消耗するのは……大丈夫なんか？」

「あ、あはは……」

話しかけてきた2人のみならず、他にも少し心配そうな顔をしている者が数名。

それに対し、気まずげな苦笑いを浮かべている美月。

そんな彼女に助け船の……または断罪の言葉を口にするのは、やっぱり幼馴染で。

「——実は美月ちゃん、そこまでは消耗してないんだよ……」


「「「「……はい？」」」」

雪菜の発言に反応した面々の視線が、俺たちに集まった。

「「…………（もっきゅもっきゅ）」」

何となく展開が予想できたので、美月にも多めにオカズを差し出していて。

……2人で頬を膨《ふく》らませ、視線を逸《そ》らしながら無言で咀嚼。

そんな俺たちを見てから、今度は大河が解説を。

「悠也も美月さんも、幼い頃《ころ》から行儀《ぎょうぎ》作法や立ち振る舞いの指導は受けています。それに考えてみてください。既に2人は親の仕事関係のパーティ等にも参列しているのですが……それらと今日の様な集会、どちらがどれだけ疲れると思いますか？」

「「「「――あ」」」」

同級生一同の顔に理解の色が浮かんだ所で、再び雪菜が。

「疲れるっていうのは本当みたい。だけど……例えるなら『スマホのバッテリー、余裕はあるけど丁度コンセントあるから充電《じゅうでん》しておこう』みたいな状態、かな？」

「――つまり。あの2人の、あの行動は……？」

そんな男子生徒の言葉に、大河はこちらを見て、ハッキリと。

「口実を使って、じゃれ合っているだけかと」

「「「「…………」」」」

一斉《いっせい》に生温かい視線。だけど先とは違い、若干の怒《いか》りが混ざっている様にも。

……いい加減『もっきゅもっきゅ』での現実逃避も、限界が近い。

なんとか話を変えようと――そう考え、ちょうど良い話題があった。

「そ、そうだ。ちょっと相談したい事があるんだ」

別に今思いついた事ではなく。本当に相談か、意見を聞ければと思っていた話で。

「……珍《めずら》しいですね、悠也がこういう形で相談をするなんて」

「それは、悠也君だけの話？　それとも美月ちゃんも関《かか》わってる？」

少し真面目《まじめ》っぽい話だと察した大河と雪菜が、顔を見合わせてから訊いてきた。

「――うん。多分『あの話』だと思うけど……それなら『私たちの問題』だね」

美月の返答を聞いたクラスの面々は、怪訝な顔ながら話を聞く体勢に入った様子。

しかし、ソレで何かを察した様子の大河と雪菜は、少々イヤな予感を感じ取った様な顔をしているが、構わず話させてもらう。

「――俺たち、しっかりイチャつける様になりたいんだが、どうしたら良いと思う？」

「「「「…………………」」」」

クラスメイト一同が、妙《みょう》に劇画タッチのシリアス顔になった。

その濃ゆくなった顔面たちは『何を言っている貴様ら』と、無言で語りかけていた。

「……何を言っているのですか、悠也？」

「え、えっと――大丈夫……？」

で。実際に口にした大河と、『大丈夫？』の前に『頭は』を付けたそうな雪菜。

「……俺たち、そんなにイチャついてる様に見えてたのか？」

「「「アンタら今の体勢わかってないのかッ!?」」」

――美月が後ろから抱《だ》き着いて、俺の肩《かた》にアゴを乗せている状態ですが何か？

ほぼゼロ距離《きょり》にある美月の顔と、視線で意志疎《そ》通《つう》を図《はか》る。

……この体勢も食べさせ合いも、俺たちにとって『じゃれあい』という認識《にんしき》で『イチャつき』という認識は無かった。

――これは、しっかりとした説明が必要だろうと、２人で意思統一も完了《かんりょう》。

「えっと、これは昨日あった事なんだけど――」

「「「…………」」」

◇　◇

美月から昨日の一件の説明を聞いた皆《みな》さん、今度は菩薩《ぼさつ》の様な微笑《ほほえ》み——なのに、何故か怒りオーラが漂《ただよ》っている様にも見える。

「……なんだ『微笑ましいけどウゼぇ』とか『応援《おうえん》はするけど勝手にヤレよバカヤロウ』とでも言いたそうな顔は？」

「「「「まさにその通りだよ!!」」」」

またもクラス中からの総ツッコミ。しかし、ウチの幼馴染《おさななじみ》たちは例外で。

「あー……私は、言われて少し納得しちゃったかも」

「私は納得まではいきませんが……あってもおかしくない、とは思いました。——なにせ悠也と美月さん、幼い頃からずっとこんな感じでしたからね」

そんな、ある程度の理解を示してくれた２人。

「そういえば……大久保《おおくぼ》くんと沢渡《さわたり》さんも、このご夫婦《ふうふ》と幼馴染って話だけど——いつ頃《ごろ》からの付き合いなの？」

クラスの１人がサラッと俺たちを『夫婦』と称《しょう》しながら、大河と雪菜に。

「えっと。私と美月ちゃんも親同士で付き合いがあったから、本当に物心付いた前後からだよ。大河くんと悠也くんは、もっと前だよね？」

「そうですね。私の家系は悠也の家の遠戚《えんせき》で、分家という扱《あつか》いです。昔から度々《たびたび》本家に集まる事があったので、おそらく初対面は赤子の頃ではないでしょうか」

「それでも、ほぼ生まれてすぐの付き合いな美月ちゃんたちには負けるんだけどね♪」

大河の後にそう言い、こちらのからかう様な視線を向けてくる雪菜。

美月と雪菜は、母親が親友同士。父親は――美月のお父さんが経営する会社で、雪菜の親父《おやじ》さんはその腹心。

俺と大河は遠い親戚《しんせき》で、一応ウチの『分家』という扱い。そして大河の両親を含《ふく》む多くの親戚たちが、ウチのグループ企業《きぎょう》の幹部として働いている。

だけど別にウチのグループへの就職を強制等はしていないし、俺も父さんも分家とされる親戚たちに威張《いば》り散らしていたり、等も無い。

こんな風に、大河と雪菜との付き合いも非常に長いのだが、俺と美月はそれ以上。

父親同士が親友で、更《さら》に俺たちが生まれた病院も一緒、誕生日も1日違いのため、初対面は本当に生後数日の所だったらしい。

「と、そんな関係で悠也くんと美月ちゃんが『許嫁《いいなずけ》』って事になって――」

「――その後。小学校高学年になってから、私たちが悠也と美月さんのお目付役となった事で、より付き合いが深まった、といった関係ですね」

……小5の時に、俺と美月は『とある事件』を起こしてしまい。

親族一同が再発防止策として派遣《はけん》してきたお目付け役が、大河と雪菜。

同い年で付き合いも長く、元から仲が良かったのと――その頃には2人とも、それぞれの得意分野で才能を発揮し始めていたから、という面もあった。

「前から訊きたかったんだが――お目付役の依頼《いらい》とかそういうの、別に上下関係ってわけではない……んだよな？」

俺たちのやりとりを聞いていた1人が訊いてきた。

「ん？　うん！　お父さんたちが、雪菜と大河くんに『お願い』した形だよ。もちろん拒《きょ》否権《ひけん》はあったし、そもそも昔からよく遊んでたしね、雪菜？」

「ね♪　一応、お父さんたちは上下関係あるけど、仕事以外だと友達みたいだよね？」

「――だけど悠也と大河は……本家と分家って関係なんだろ？」

今度は俺と大河の方に向いてきた。

「まぁ、事実ではあるけど……特に普段はそんな上下関係って感じじゃないよな？」

「ええ。確かに私の一族を含む親戚筋《しんせきすじ》の数家が、悠也の家のグループ企業を支えていますが――強制はされませんし、扱いも普通の親戚関係と、そう差異は無いかと」

確かに『グループ企業の会長一族』の『本家と分家』とか聞くと、そういうイメージを持つのも無理は無いが……。

「だってウチのグループ、今は親族経営ってわけじゃないし。というか俺だって、まだ後《こう》継者《けいしゃ》に決まっているわけじゃないからな？」

ウチが株を押《お》さえてる関係で、多分大丈夫だけど。問題起こしたり失敗連発したりで無能だと判断された場合、アッサリ切られる可能性はあるわけで。

今の時代、『コネがあるから人生安泰《あんたい》』なんて考えで生きていけるほど甘《あま》くはない。

「我《わ》が家《や》も代々仕事を手伝ってきた関係で、仕事が分かっているために重用してもらえるだけです。怠惰《たいだ》や無能でも大丈夫、なんて甘くはないですよ？」

「――え？　じゃあ、なんで『本家』『分家』って関係が成立してるの……？」

その言葉だけを聞けば、勘違《かんちが》いも仕方ないけれど――

「代々有利に就職できる大企業があるなら、お膝元《ひざもと》から離《はな》れる理由がありますか？」

「「「「とっても現実的⁉」」」」

世の中そんなもんです。

まぁ、もちろん他のやりたい仕事に就《つ》く分家の方々も、そこそこ居るけど。

「……あれ？　鳥羽くんと伏見さん、鳥羽くんと大久保くん、伏見さんと沢渡さんの繋《つな》がりは分かったけど――大久保くんと沢渡さんは、接点無かったの？」

クラスの女子からの指摘《してき》。

確かに親関係では、大河と雪菜に直接の接点は無いけれど、そこは単純な話。

「いえ、ありましたよ？　単に家が近所で、保育園から同じでした」

「う、うん。だからお目付け役になる前なら、接点は美月ちゃん以上だったり……」

少々照れくさそうに言う、大河と雪菜。

そんな感じで、俺たち４人の親たちはそれぞれ何かしらの接点があり、接点が無かった所も、俺たち繋がりですっかり親しくなっていて。今では親たちだけで旅行に行くほどで、極《きわ》めて良好な関係を築けている。

……まぁ、実は少し問題アリな親御《おやご》さんも、居るといえば居るが。

ちなみに一部男性陣《だんせいじん》からは『ちっ、ここにも勝ち組が……』『幼馴染ガチャ大当たり、いいよなぁ……ッ！』なんて声が聞こえるが、とりあえずスルー。

だけど純情な幼馴染カップルは少し頬を赤らめているので、話を戻そう。

「——で。その後に『お目付け役』の関係で、大久保家と沢渡家が近所に引っ越《こ》してきて。俺《おれ》と美月が親元を離れる時も2人は付いて来てくれて、今もマンションの下の階に住んでいる、という現状だな」

ちなみに。大河と雪菜の家賃と生活費はそれぞれの家が出しているが、引っ越し代は俺と美月の家が出し、お目付け役としての報酬《ほうしゅう》も出しているらしい。額は知らないけど。

「……あれ？　お前ら4人、同じマンションだよな？　悠也と伏見は言うまでもないとして——大河と沢渡も同棲《どうせい》⁉」

「え？　……っ、ち、違っ……！」

男子生徒からの思わぬ指摘に、赤い顔で慌《あわ》てて否定する雪菜。で、大河は——

「いえ、その事実は無いですね。隣《となり》ですが、それぞれの名義の部屋を借りていて、家計や寝食《しんしょく》も別ですし……どうしました雪菜？」

「……別に？」

淡々《たんたん》と事実を告げる大河と……その様子を見て冷静さを取り戻した雪菜。

少々分かりにくいが――俺たちから見れば微《かす》かに不機嫌《ふきげん》になった雪菜と、それに気付いた大河が『あ、ヤベ……』と少し焦《あせ》っている様子も分かる。

「一応言っておくと、俺たちも同棲ではないからな？」

「ねー？　家計と食事は一緒だけど、寝《ね》るのは別だもんね」

大河への助け船も兼《か》ねて指摘。

美月と2人で『ねぇ？』とやっていると、期待通りに矛先《ほこさき》がこちらに来た。

「……『半同棲』って、どんな感じなんだ？」

「どんな感じって……2人で金稼《かせ》いで、その金で生活して、一緒に食事して――だけど一応、住んでいる家は違うって感じだけど？」


寝る部屋は別だが、特に何かある時以外は食事は一緒。

そして俺と美月の生活費だけど――実は、投資である程度の収入を得ている。

中学時代から親のツテで専門家に指導を受け、実績と資産を稼いで。

今ではそこそこの額を運用しているため、油断と無茶《むちゃ》さえしなければ、安定して2人で暮らせる程度の収入は得ている。

というのが、隠す事も無い実情なのだが――どうやら、お気《き》に召《め》さない様子。

「いや、そういう生活形態の話じゃなくて。はっきり言うと――お前ら、家だとどんな感じの遣り取りを？」

「あ、それは気になる！　親元を離れて一緒に暮らすカップルって、そうは居ないし」

「そもそも、婚約者《こんやくしゃ》同士のプライベート会話っていう時点で興味が……！」

そんな発言に、周囲でも同意の声が。

「んー？『どんな感じ』と訊かれても……普段からこんな感じ、としか」

「ねー？　いつも、あんまり変わらないよね？」

他人からどう見えるかは別として、別に『他人の前だから自重する』とか『2人きりだから甘える』とかは、特に意識した事は無い。

「悠也と美月さんは、本当にいつもこんな感じですよ？　……なにせ、仕事している時もこのノリですから」

「――ああ、春休みのアレの事だよね？　……お金動かす時もこのノリだったよね」

大河と雪菜が、そんな『呆《あき》れ』というか――『諦《あきら》めた』様な口調で話した。

その一件は、3月末の春休み中の出来事で――

◆　◆

その日は4人で、新学期に備えて少し話し合おうという事になっていたのだが。

大河たちが来てインターフォンを鳴らした時、俺と美月は手が離せず。だから合鍵《あいかぎ》で入ってくれと、スマホで連絡した。

余談だが。2人は俺と美月のお目付け役なため、大河は俺の部屋の、雪菜は美月の部屋の合鍵を持っている。

で。入ってきた2人は俺と美月を見て、きょとんとした顔をした後――

「――『手が離せないから勝手に入ってくれ』って……何をしてるんですか？」

「ん～。株価の変動のチェックと、それ関係の情報収集～」

大河の質問に、美月がのんびりと――だけど手元のスマホからは目を離さずに答え。

しかし、それを聞いた雪菜は、納得するどころか頬を引きつらせ。

「……その体勢で？」

雪菜の言う『その体勢』──俺はリビングのカーペットの上に、胡坐《あぐら》をかいていて。

そして美月は、変則的な膝枕《ひざまくら》状態というか──高さを合わせるため背中にクッションを挟《はさ》み、俺の膝《ひざ》（腿《もも》？）に頭を乗せている。

そんな状態で俺はタブレット、美月はスマホを操作しているから──まぁ傍目《はため》には『これ以上なくくつろいでいる』様にしか見えないだろうな。

「これが一番落ち着くし、集中できるんだも～ん」

「今ちょっと大きな額の取引を、どうしようかって所なんだよ。だから一番リラックスできる状態で、集中したくてさ」

そう俺と美月が返すと、大河も引きつった笑《え》みになり──

「「……その体勢が？」」

「「そうだけど？」」

揃《そろ》って訊いてきた幼馴染2人に、俺と美月も揃って応《こた》え。

……何故か諦めた様な顔になった2人に議論の余地は感じたが──とりあえず目先の取引に集中しようと話を切り上げ。

「――んー、悠也～？　やっぱり、これ以上は欲かかない方が良いっぽいかなー」

「やっぱり美月の方もか。……んじゃ、ここで切り上げて、利益確定っと。――今晩は何か良いモノ食べるか」

「わ～い♪」

大河と雪菜は、そんな俺たちの遣り取りを、なぜか疲《つか》れた表情で見守っていた――

◆　◆

「――仮にこの2人が二人三脚《ににんさんきゃく》に出場した場合、むしろブースト掛かって普通の短距離走《たんきょりそう》よりタイムが上がっても、私は不思議に思いません」

「あ、あはは……それは大げさだとしても――2人とも一緒にいるのが当たり前って感じなんだよ。だから、何かあっても『特別』って認識は無いんじゃないかな……」

そんな大河と雪菜の言葉を聞いて、微笑ましさと諦めが混ざった様な視線を向けてくる、周囲のクラスメイト達。

少々不本意ではあるが、俺たちと周囲の『普通』にはズレがある事は理解している。

「じゃあ……鳥羽くん、美月ちゃん。この週末、家ではどんな風に過ごした？」

と。クラスメイトから、そんな事を訊かれ——少し思い返す。

「んー……生徒会の仕事で学校に来たけど——家では特に、変な事は無かったよな？」

「うん、私もそう変わった事は無かったと思うけど——順番に思い返してみよっか」

皆が満足するようなネタは無いと思うが、とりあえず順を追って話してみる事に。

「まずは土曜の朝——美月を起こしに行ったら、布団《ふとん》に引きずり込まれて？」

「——逃《に》がさない様に悠也に絡《から》み付いて、そのまま二度寝《にどね》して——」

「「「「この時点で十分過ぎるッ⁉」」」」

皆さん揃って、とっても驚愕《きょうがく》。

……あれ？　俺たち的に、これくらいはセーフなんだけど……？

「——あ。服は脱《ぬ》いでないよ？」

「「「「当然だよ⁉」」」」

興奮気味の皆さま。……一般的《いっぱんてき》な『普通』とのズレは、予想以上に大きいらしい。

「これでイタしてないとか以前に色っぽい話も無いとか、少し信じられんのだが？」

「だよねぇ……鳥羽くん、本当に心当たり無いの？」

揃って『ジト目』に近い視線を向けられるが、事実は事実。

「ほとんど無いな、本当に。今になって思い返すと、自分でも無意識に避《さ》けていたっぽくてな……。むしろ自分たちが愕然《がくぜん》としたよ」

「──本当に無かったよねー。元から親たちに『高校卒業まではイタすな』って言われてたのもあるし」

女子生徒への返答に、美月も肯定《こうてい》。それを聞いた面々が、雪菜と大河に視線を向ける。

「2人だけの時の事までは関知していませんが、少なくともご両親からの言い付けに関しては本当です。私も悠也の父君から聞いています」

「うん、私も。だけど──そういえば悠也くん、美月ちゃん。ついでに聞きたいんだけど……その『高校卒業までイタすな』って話、どういう風に言われたの？」

「あれ？　父さんから聞いたんじゃなかったのか？」

俺たちが『イタすな』と言われている事、雪菜も大河も知っていたはずだが。

「いえ。我々は『高校出るまではイタさないでくれとは言ってある。監視《かんし》の必要は無いが、あからさまにヤリ始めたら釘《くぎ》を刺《さ》してくれ』としか言われていません」

──我が父君。言ってる事は分かるし、気を遣《つか》われているのも一応わかるけど……『あからさまにヤリ始めたら』て。

「……じゃ、話すわ。中2の時の話なんだけど――」

◆　　◆

――それは、中学2年の冬。俺と美月が志望校を決めて、合格したら半同棲生活を始める事が決まった、少し後くらいの時期。

「――2人とも。突然呼び出して悪かったな」

「それはいいんだけど……どうしたんだ父さん？」

「私たちに話がある、とは聞いていますけど……」

居間に呼び出された俺と美月が訊くと、父さんは少し躊躇《ためら》った様子で。

言うか言うまいか、またはどう言うかを考えている様にも見え、少し沈黙《ちんもく》が続いた後、口を開いた。

「――お前たちは婚約者という間柄《あいだがら》で……仲も良好だな？」

「ええ、まぁ。仲はかなり良いと、自分たちでも思っています」

「まぁ、一般的なカップルと同様かと言われれば、かなり疑問だけど……それが？」

今さら確認《かくにん》するまでもない事を訊いてきた父さんに、美月も俺も怪訝《けげん》に思いながら応えると——再び父さんは少し言い辛《づら》そうに間を置いた後、意を決した様に言い出した。

「無粋《ぶすい》な注文だとは自覚しているが……性行為《せいこうい》は、高校を卒業するまで控《ひか》えてほしい」

「「……なんでまた？」」

そんな、無粋と言えば無粋極《ぶすいきわ》まりない事を言ってきた父さん。そんな父さんに俺たちは、軽く脱力《だつりょく》しながら訊き返すと——むしろ父さんヒートアップ。

「だってお前たち、ノリと勢いで子供作りそうなんだもん！」

ここまできて、何を思って言って来たかは理解できた。

親元を離れて暮らす俺たちが、ハメを外して色々イタし……結果として早々に『お父さん&お母さん』になる事を畏《おそ》れての事らしい。

それを理解した俺と美月は、顔を見合わせてから——安心させるために言葉を口にした。

「「デキたらデキたで、幸せに暮らすよ？」」

「やっぱり否定しないのかよ⁉」

　この時点で、父さんの会社の専門家から手解《てほど》きをもらい投資関係に手を出し始め、十分な成果は出していた。

　だからもし仮にそうなったとしても――初期こそ親に援助《えんじょ》を求めるかもしれないが数年で返済、その後は堅実《けんじつ》に働けば経済的な苦労はさせずに済む自信があったわけで。

「……いや、お前らの人生はマジで心配してない。お前ら、現時点で家を放《ほう》り出されても生きていけるだろうし。だが……悪いが、親としての思惑《おもわく》というか、世間体《せけんてい》があってな。とりあえず、大学入るまではストレートに行ってほしい。だから――『万が一が起きる可能性のある行為《こうい》』は、高校出るまで控えてほしい」

　……世間体。それを言われてしまうと、確かにその通りで。

「まぁ、会長の息子《むすこ》がデキ婚《こん》で、嫁《よめ》を高校中退させたってなれば、世間体は悪いか」

「……ウチのお父さんも同様だから、無理はないかな。だけど――おじさま？」

「ん？　どうした？」

　納得《なっとく》したはずの美月が『だけど――』と続けた事で、怪訝そうな顔をする父さん。

　俺も気になっている事があった。多分、父さん的にはイタさなければ大丈夫だと思うけれど……もし性的なこと全般《ぜんぱん》がダメという事なら——

「この前、一緒《いっしょ》に入浴したんだけど、それはセーフ？」

「一緒に入ったの⁉　それで何も無かったの⁉」

「風呂場《ふろば》で遭遇《そうぐう》して……まぁ美月の行動があまりに色気が無かったから、何も無く」

「ご子息の『ご子息』が、眠《ねむ》れる獅子《しし》のままだったので、何も無く普通に入浴」

「それはそれで、別の方面が心配なんだが——大丈夫《だいじょうぶ》なのか？　その……将来的な家系継《けい》続《ぞく》の意味で」

「それはたぶん大丈夫。というか、今さら（美月）（悠也）以外は無理」

「そ、そうか……まぁ、仲良くやってくれ。——いや、すぐヤられても困るが」

◆　◆

「——とまぁこんな感じで、そんな面白《おもしろ》い話でもないだろ？」

と、過去の話を終えて言うと、皆の反応は。

「「「「経緯《けいい》以上に気になる部分があったんだけど⁉」」」」

俺と美月以外のほぼ全員が、目を見開いて詰め寄ってきた。

……まぁそうだよな、とは思う。美月も同じ様で、共に苦笑いを交《か》わして。

「可能性はあるって話で、子供作る気満々だったわけじゃないからな？」

「うんうん。そうなったらなったで大丈夫、っていう話だよー」

「「「「ソコじゃねぇよ⁉……いやソコもだけど‼」」」」

本当に皆さん、息ピッタリですね？

2段ツッコミもきっちり揃えてきた同級生たちに、軽く感嘆《かんたん》の念を覚えた。

「……美月ちゃんたちも分かってると思うけど、中2で混浴って所の事だからね？」

「というか――混浴して、本当に何も無かったんですか？」

雪菜と大河にもこの件は話していなかったため、2人も呆れ&驚《おどろ》き口調で。

「――OK、少し弁解させてもらおう。まずは……大河。ウチの実家の風呂《ふろ》に入った事があるだろ。どんな感じだった？」

「本邸《ほんてい》の風呂ですか？　ちょっとした旅館なみですよね。洗い場も複数あって」

昔からウチの実家には、お盆《ぼん》や年末年始は分家の方々も集まるし、数代前は使用人として住み込みで働いていた人もかなり居たそうで。そのため、風呂や洗面所は広い。

「そう。だから皆が想像する様な『洗いっこ』や『全裸《ぜんら》で密着』等は無かった」

「いやいや。たとえそうでも……お互《たが》い全裸だろ？」


――はい。バッチリ全部見ましたが、何か？


……そんな発言すると大炎上なので、その質問はさらっとスルーし弁解を続ける。

「この件は事故の結果で――しかも先に風呂に入っていたのは俺の方だぞ？」

忘れもしない、秋の連休の中日。俺が身体を洗っているときに……先客に気付かず全裸《ぜんら》突入《とつにゅう》してきた美月。

「……なんだ、ただのラッキースケベか」

「そういう事なら……仕方ないな、って感じかなぁ？」

主に女性陣《じょせいじん》から、そんな声が上がってきた。

「いや『ラッキースケベ』とは言うけど……アレって大抵《たいてい》、当事者は素直《すなお》に喜べないからな？　相手の反撃《はんげき》とか、その後の気まずさとかで」

一応は本心で、そう思う。当事者なのにアレを喜べるのは余程《よほど》の考え無しの人か、または『ラッキー』じゃなくても同等の事をイタせる関係の時だけだと思う。

俺の方への追及が弱まった所で、今度は雪菜が美月に。

「悠也くんの方は分かったけど……美月ちゃん？　いくら相手が悠也くんでも、もう少しこう、恥《は》じらいというモノは――」

「あはは……言いたい事は分かるんだけど――あの時は、あれがベストだったよ？」

「え？」

窘《たしな》める様に言った雪菜が、美月の返しに『きょとん』とした顔になった。

雪菜の反応ももっともだと思うが……意図を知っている俺は、美月に同意。

「――あれは確かに、美月のファインプレーだったよ。……あの状況《じょうきょう》で恥じらわれていたら、今はどうなっていたか」

「え、えっと……どういう事？」

俺の言葉で一部は理由を察した様子だが、まだピンときていない人が大多数。

……当時の情動を大勢に話すのは微妙《びみょう》だが、仕方ないだろう。

「全裸《ぜんら》遭遇《そうぐう》しちゃった状態で、更に男女を意識しちゃうと……完全に歯止めが利《き》かなくならないか？」

「え？　……あー、そういう事」

あの時にもし恥じらわれていたら……確実に美月を、もっと女性として意識していたと思う。もしそうなっていたら――

「あの時、色気の欠片《かけら》も無い行動を取られていなかったら、仮にその時は耐《た》え切れても――しばらく悶々《もんもん》が続いただろうと思う」

「だよねぇ。多分、一番危険なのは2・3日後くらいだよね」

「あー、悶々を溜《た》めきった後って事か、確かに。……下手してたら父さんに『高校卒業までイタすな』って言われたとき、『手遅《ておく》れです！』って返すはめになってたな」

「あははっ。十分に有り得たねぇ」

そんな会話を繰《く》り広《ひろ》げる俺たちに……周囲の皆さん、何故か引き気味。

一部がこそこそ話している内容が少し聞こえてきたが――『【ヤれたかも話】を当事者同士が笑って話すって……どうなん？』みたいな内容。

そんな中、男子の1人が驚異的《きょういてき》なモノを見る眼で話しかけてきた。

「しかし……鳥羽も、よく大丈夫だったな？　いくら色気を消されていたとはいえ、伏見さん相手に反応せずに済ませるとか……」

「慣れもあるが……コツは『現状を受け入れる』『余計な想像をしない事』かな？　現状

から目を逸《そ》らそうとすると余計意識する事になるから、敢《あ》えて全裸という状態から目を逸らさず『だから何？　美月は美月だろ』って開き直った」

当時身につけた極意《ごくい》を語ると『おおー』という感心の声が上がった。

しかし。そんな中、大河が何故《なぜ》か思案顔で、俺の方に向き直り。

「――ふむ。悠也、少々確認を取りたいのですが、よろしいですか？」

「ん？　どうした大河？」

大河に訊《き》き返すと、至極真面目《しごくまじめ》な顔で。

「それはつまり――『全裸をガン見していた』という事でよろしいでしょうか？」

「……『全裸という状態から目を逸らさず』って、そういう意味じゃないからな？」

――否定はしないけど。当時の映像、俺の脳内メモリーに永久保存されてるし。

しかし。そんな誤魔化《ごまか》しは、やはり美月には通用せず。

「やっぱり悠也も男の子だよねぇ……」

「――やかまし。そんな事言うなら、お前も普段《ふだん》の防御力《ぼうぎょりょく》を少しは上げろよ女の子」

「悠也以外には見せない様に気を付けてるよー。悠也は一度全部見てるんだし、減るモンじゃないんだからいいでしょー」

そんな会話をしていると、女子陣《じん》からは生温かい視線が。そして男子陣からは——

「……普通《ふつう》に悠也が羨《うらや》ましいんだが？」

「な。実際に同じ立場になれば、喜んでばかりもいられないんだろうが……それを踏《ふ》まえても、やっぱり妬《ねた》ましい……！」

そんな言葉に頷《うなず》く者が多数。

俺自身も『役得』と思う事が多々あるため、その気持ちは十分に理解でき——

「減るもんじゃないなら、是非《ぜひ》とも俺たちにも見せてほし——」

「あ？　俺以外に見させるワケねぇだろうがゴルぁ？」

「「「「即《そく》ギレっ⁉」」」」

……苦労はしているけど、羨ましいと思われるのも十分理解できる。

だから譲《ゆず》る気や交代する気なんか欠片も無いし、俺以外が見るなど許す気は無い。

皆がドン引きしている中で、美月は苦笑いしているけれど。

——少しだけ嬉《うれ》しそうな色が混ざっている気がするのは、気のせいだと思っておこう。

◆　　◆

放課後。

これから風紀委員長との話し合いがあるが、まだ少々時間はある。だからそれまで、生徒会の仕事を進める事にした。

それで――美月と雪菜は、それぞれ所用で職員室と事務室に。

よって今、生徒会室には俺と大河だけで、カリカリと書類仕事をして――

「――悠也。業務とは関係の無い事ですが、フと思った事があります」

「……どうした？」

なんとなく、どうでもいい話っぽいとは思っているが、止める理由は無い。

「女グセの悪い男に対して『いつか刺《さ》されるぞ？』という表現がありますよね？」

「……まぁ、あるな」

予想通り、特に有意義な話題でもなさそうなので、仕事を進めながら生返事。

「一方で――小説やアニメでは、異世界ハーレム物が流行《はや》っていますね？」

「……まぁ、そうだな」

「そういう世界でも『いつか刺されるぞ』は有効だと思うのですが――」

「……まぁ、どこの世界でも『痴情《ちじょう》のもつれ』っていうのは、あるだろうからな」

ってていうか、本当に何を言いたいのだろうか――

「その場合の『刺される』は、槍《やり》などのエグい武器での殺傷も想定すべきですか？」

「知らねーよ」

「更に鈍器《どんき》での殴打《おうだ》では――この世界での定番は『バールのような物』ですが、向こうでは身《み》の丈程《たけほど》のメイスやらウォーハンマー等も想定すべきでしょう」

人の話を聞けと。というか『バールのような物』は定番か？

「しかし、身の丈《たけ》サイズの重量武器。警戒《けいかい》した所で、防御《ぼうぎょ》には相当な筋力が必要でしょう。腕《うで》が鳴ります……！」

なぜポージングをする。っていうか行く気か異世界。起こす気か修羅場《しゅらば》。

なぜか十字受けの練習をし始めた大河に、何を言っても無駄《むだ》だとは思うが――それでも何か言っておこうと考え。

「……とりあえず、お前にハーレム願望がある事は分かっ――」

「ただいまー」

「タダイマ戻リマシタ。…………ソレデ、大河クンニ何ノ願望ガアルッテ？」

「「…………」」

女性陣が帰ってきました。

美月は問題無いけれど……雪菜さん、眼の虹彩《こうさい》が無くなっていません？

大河の表情が変化を止め。血の気が引いて、変な汗《あせ》がダクダクと流れ始め。

「……ねぇ大河くん、何か言う事はある？」

眼以外はとても可憐《かれん》な笑みを浮《う》かべ、大河の所に歩み寄る雪菜。

それに対し大河は、蛇《へび》に睨《にら》まれた蛙《かえる》の様に動かずにいたが――

「い、いえ――あくまで一般的な男性が持つ願望と、それを目指した末路について語っていただけであって……余談ですが雪菜さんに逆ハー願望などは――」

「無いよ？」

なんとかやり過ごそうと振《ふ》った話に、雪菜さんは食い気味に即答《そくとう》。……その瞳《ひとみ》には虹彩が無いどころか『ブラックホールですか？』と訊きたいレベルで光が無い。

大河もその瞳に気付いた様子で、顔色の青さと頬を伝うイヤな汗の量が増した。

「…………すみません私は他の女性に眼を向ける余裕《よゆう》も願望もありません単にそういう状況下という仮定の話をしていただけですので何卒《なにとぞ》ご容赦《ようしゃ》をいただけないでしょうか」

……まるで悪霊払《あくりょうばら》いの念仏の様に、1ブレスの早口で言い切った大河。

それに対して雪菜はニッコリと笑い——だけど、瞳の光は消えたまま。

「うん、分かってるよ——でも、心変わりしたらすぐ分かるからね？　隠《かく》してても見つけるからね？　どこかの防犯カメラの視界に一度でも入れば分かるし、電話でもメールでもSNSでも遣《や》り取《と》りに電子機器を使えば分かるからね？　——知ってるよね？」

「…………（こくこくこくっ！）」

大河君、脳ミソがカクテルになりそうな勢いで首を縦に振り、必死の肯定。

——お分かり頂けただろうか？

普段は大人しいイジラレキャラで、我々の良心的な存在である沢渡 雪菜という少女。

しかし、こと恋愛《れんあい》に関しては、かなりの深度の『ヤミ系』。

そして英才教育も受けた彼女《かのじょ》の得意分野が『情報処理』。

その力量は――世界展開しているグループ企業《きぎょう》の会長である父さんが、たまに助《すけ》っ人《と》として依頼《いらい》するくらい、と言えば察してもらえるだろうか。

……はっきり言って、この中で最も将来の仕事に困らないであろう人間は、俺や美月じゃなく、確実に雪菜。

雪菜の親父《おやじ》さんは『呑《の》み込み早いから、つい教えるのが楽しくなっちゃって！』とか言っていたが、俺たちとしては『何てコトをしてくれたのでしょう』と、心から思う。

……ヤンデレさんに超高度《ちょうこうど》な情報処理能力とか……現代では最悪の組み合わせ。

「雪菜ったら、大河くんの事になるとすぐに熱くなっちゃって。可愛《かわい》いね～♪」

「…………可愛いか？」

動機はともかく、いろいろとシャレになっていないと思うのだが？

「で、悠也もあるの？　ハーレム願望」

「……架空《かくう》の話としては好きだし、妄想《もうそう》シチュとしてはアリだと思うけど――」

俺の様子にも幼馴染《おさななじみ》2人の事にも気にした様子は見せず。からかう様に訊いてきた美月に、少し考えて答える。

「――現実だと1人でも持て余しそうだから、2人以上は勘弁《かんべん》してほしいかな？」

「ふーん？　ま、そういう事にしといてあげよう♪」

……楽しそうに応えた美月から、なんとなく視線を逸らし。再び幼馴染たちの方に視線を向けると――どうやら大河が気を取り直し、反撃を開始する様子。

「――私の心の筋肉は、雪菜1人で定員です。他の女性が乗る余地はおろか、意識を向ける余裕もありません」

「え……？　え、えっと……ありがと。私も、大河くんだけしか無理だからね……？」

……なんだか、アッサリ解決した様子のお2人さん。それは結構なんだが――

「雪菜、何気にチョロ過ぎるよねぇ」

「……それもそうだが、他にも色々あるだろツッコミ所」

大河の『心の筋肉って何？』とか『要するに、雪菜が色々と重いって事か？』とか。

だが、外見は知的系イケメンの大河が真面目《まじめ》な顔で雪菜に迫《せま》る光景は、リアルに少女マンガの1シーンにありそうな光景ではある。

「本当に雪菜と大河くん、ああしてると絵になるよねぇ」

「……吹《ふ》き出《だ》し付けてセリフ入れると、たまにギャグマンガになるけどな」

俺と美月は呆れ顔《がお》で、完全に傍観者《ぼうかんしゃ》モードに入っていると——入口がノックされ。

「失礼します。風紀委員長、佐山《さやま》 美奈《みな》。先日の話をしに参り——あの、これは一体、どういう状況でしょうか……？」

約束の時間ピッタリにやってきた風紀委員長が、２人の世界に入っている大河と雪菜、それと呆れ顔で傍観者している俺と美月を見て、戸惑《とまど》いの声を上げた。

それに対し、俺と美月は顔を見合わせて少し考え——

「「……元・修羅場？」」

「は、はぁ……？」

そう声を漏《も》らして首を傾《かし》げ、俺たちと同じく傍観者に回る委員長だった。

◇　◇

「——まず、先週はこちらの不手際《ふてぎわ》によりご迷惑《めいわく》をお掛《か》けしてしまい、申し訳ございませんでした」

風紀委員長の『佐山 美奈』。

かなり長い黒髪《くろかみ》を、きっちりと三つ編みにして前に垂らしていて。

切れ長の目にフレームレスの眼鏡が、隙《すき》が無くお堅《かた》い印象を更に強調している。

そんな『委員長』という肩書《かたが》きが、そのまま擬人化《ぎじんか》した様な女子生徒。

取締《とりし》まりの際はキツイ言葉も使い、やや融通《ゆうずう》が利《き》かない面もあるため、一部の生徒にはかなり嫌《きら》われ恨《うら》まれてもいるが——普段は誰《だれ》にでも公平な態度で、気遣《きづか》いもあり面倒見《めんどうみ》も良いため、彼女を慕《した》う生徒も多い。

そして俺《おれ》も美月も大河も、ある程度の好感は持っている。

……そう。俺たち『3人』は。

それはともかく。

大河と雪菜が現実世界に戻《もど》ってきたところで、風紀委員長との話し合いが始まり。

そして真っ先に語ったのが、先の謝罪の言葉。

「いや、いろいろ不運が重なったみたいだし、元凶《げんきょう》は『あっち』みたいだし……仕方ないんじゃないのか？」

さて、ここで先週あったトラブルを簡単に説明すると。

校内で『過度に仲良しイチャイチャ（婉曲《えんきょく》表現）』しようとしていたカップルを、風紀委員が発見した事が発端《ほったん》で。

見逃《みのが》す・穏便《おんびん》に済ませる等の対処をしようにも、ほぼ『遭遇』といった状況だったせいで無駄のため、注意した風紀委員。

しかし良い所で邪魔《じやま》された形になった男子生徒が激昂《げきこう》し、口論に発展。手が出る一歩手前の騒動《そうどう》になった所で、聞きつけた教師が登場。

その教師がソッチ方面に潔癖《けっぺき》な方で、更《さら》に相手生徒の態度もあって頭に血が上り、生徒の保護者に連絡《れんらく》。そうして保護者・教師陣《きょうしじん》も巻き込む騒動に発展、という流れ。

うちの学校で生徒会と風紀委員は、お互いの解散権を持つ相互《そうご》監視《かんし》の関係。しかし、建前上では生徒会の方が上部組織。

対外的に生徒側のトップが解決に動いているという形の方が良く、事件の当事者ではないため第三者の立場で仲介《ちゅうかい》にあたれ、更に教師側のトップである理事長と個人的に知り合いで、教師側との交渉《こうしょう》もスムーズに行える。

以上の理由により、俺たちがメインで対処にあたった、という経緯。

「そうそう。佐山さんの立場は分かるけど、気にしないでいいよ～」

「――そう言っていただけると、助かります」

俺の言葉に美月も同意すると、佐山委員長は安堵《あんど》の息を吐《は》いた。

「やはり先生方の見解でも、風紀委員を責める声はほとんど無い様です。——ですよね、雪菜？」

「……ええ、そうですね」

大河も続けて風紀委員を擁護《ようご》し、それに雪菜も同意——したのだが、何故か完全に距離《きょり》を置いた余所《よそ》行《ゆ》きモードの返答。

というのも……雪菜は何故か委員長が苦手の様子で。

邪険《じゃけん》にするまではいかないが、いつもこんな風に距離を取ろうとしている。理由を訊いた事もあるのだが『個人情報だから』と、教えてくれなかった。

「——ありがとうございます、皆《みな》さん。では、話し合いを始めましょうか」


と、そうして始まったのだが——話し合いと言っても対処はもう済んでいるため、ほとんど互いの報告と、確認事項《かくにんじこう》をチェックするだけ。

とりあえず風紀委員としては、同意の有無《うむ》に関《かか》わらず性的な接触《せっしょく》をしている場合は取り締まりの対象に。その際の程度や当事者の態度次第《しだい》では教師に連絡。

その段階でも問題行動が見られる場合は、学年主任・教頭などの上位者に報告。保護者への連絡はその後、という話に。

「――で、現在は教員の方の明確な行動基準作りが進んでいると思うから、完成後に確認して、問題が無ければ風紀委員のメンバーに周知。それで終わりかな」

「――こちらからの不満はありません。ありがとうございます、生徒会の皆さん」

報告を終わらせると、座《すわ》ったままとはいえ、丁寧《ていねい》に頭を下げて礼を言う委員長。

「理事長たちや先生方も対応してくれたからこそ、上手《うま》く落し所を見つけられたんだ。お礼なら、あとでそっちにも言っておいてほしい。――さて、っと。美月、大河、雪菜。こちら側から、何か質問はあるか？」

と、報告を受けた風紀委員の行動基準に対しての質問が無いか訊いたところ――手を挙げたのは、美月。

「一応確認だけど――恋愛方面の取締まりを強化、っていうわけではないよね？」

「はい。ただ、人目を憚《はばか》る行為をしている者に対しては、やや厳しくなる可能性はあるかもしれません。ですがそこら辺の行為の禁止は校則の解釈《かいしやく》的にも問題は無いので、現状と変わらないという認識《にんしき》でよろしいかと」

「まぁ、そこら辺は当然ですね」

大河も頷きながら同意。他に意見が無いのを確認してから、再び委員長が口を開くが

――なぜか俺と美月を交互《こうご》に見てから。

「その他の場合ですが……『仲が良い』『じゃれあっている』で通るくらいならば、今まで通り取り締まる気はありません。――今までの会長と副会長くらいでしたら大丈夫です。……今までの、でしたら」

何故か、そんな風に含《ふく》みを持たせて言った委員長。

「……何か、俺たち関係で問題でも？」

「実は今日のお昼休み以降、お２人に関する噂《うわさ》が一部で広まっている様子でして――」

……今日のお昼と聞いて思い当たるのは『イチャつける様になりたい』発言。

しかし元から人目を憚る行為などする気は無いし、こちらの事情も考えれば、やましい事は一切《いっさい》無い。だから何の問題も無いと――

「『今までのはイチャついていたとは言わない。俺たちにとってはこれからが本番だ』と宣言したと聞きました。……どこまでヤるのだと、一部では戦々恐々《せんせんきょうきょう》ワクワクと……」

「「「…………」」」

間違《まちが》っていないと言えなくもない、微妙なライン。

――っていうか『戦々恐々』と『ワクワク』って混在し得るのか。

とにかく、説明をする必要はあるだろう。

そして――ついでに、俺たちの事をあまり知らない他クラスの生徒からはどういう認識をされているのか、訊くには良い機会かもしれない。

◇　◇

「……なるほど、そういう事情でしたか。――少し安心しました」

先程《さきほど》よりも、思いっきり深い安堵の息を吐いた委員長。

――俺たち、どんだけのコトをヤらかすと思われていたんだ……？

「えっと……佐山さんから見て、私たちはどういう関係に見えるの？」

同じ感想をもったらしい美月の質問に、委員長は少し考えてから。

「あくまで私の個人的な意見ですが……下世話な推測を抜《ぬ》かせば――『お互いを知り尽《つ》くしている仲』なのでは、と思っていました」

少々、予想外の答えが返ってきた。

……そもそも『下世話な推測』以外の回答が来たの自体、初めてな気もするが。

しかし。ニュアンスは何となく分かるが、その真意が掴《つか》みにくい。

「それは――『気心の知れた仲』というのとは違《ちが》うのか？」

「違わない、とは思います。ですが……先の説明を受けたから尚更《なおさら》に思うのかもしれませんが、お互いに知らない事がほとんど無く、ある程度は考え方や反応も予想出来るため――安心する反面、新鮮《しんせん》さも無い。そんな仲かな、と」

「「「「あー……」」」」

全員が、思いっきり心当たりがある、そんな納得の声を出した。

「確かに悠也と美月さんは、相手の行動も反応も、完全に理解しきっている感はありますね。……ここら辺が『ご夫婦《ふうふ》』『熟年夫婦』などと称《しょう》される原因でしょうか？」

「悠也くんと美月ちゃんは『イタしちゃダメ』って言われてるけど――それ以外の部分を理解し尽くしているなら、確かに熟年夫婦と変わらないかも……？」

夫婦の様に、相手の『ほぼ全《すべ》て』を知り尽くしていて。

そしてその『ほぼ全て』に性的な分野が含まれているか、元から除外されているか。

その違いが、俺と美月の関係と熟年夫婦の違いであり、周囲と俺たちの認識の差異の正体でもある、という事だろうか。

「……もしかして悠也と美月さんがイチャ付いているっていう自覚が無いのも、それが関係しているんでしょうか？」

「それは——あるかも。相手の反応を知り尽くしてるんだから、新鮮さは無いよね。だからこそ落ち着くんだろうけど……反応を楽しむって要素は無いよね」

そんな大河と雪菜の会話に、更に委員長も加わり。

「俗《ぞく》に言う『倦怠期《けんたいき》』等というのは、新しく知る事が無くなった事からくる関係の停滞《ていたい》が原因なのでは？　お2人は今の関係に飽《あ》きてはいない様子なので大丈夫でしょうが、このまま時間が経《た》てば、もしかしたら——」

——『関係の停滞』。ものすっごく心当たりがあるなー……。

現状が心地《ここち》好《よ》いから、関係の変化を避《さ》けていた——最近、そう気付いたばかり。

という事は……自分のヘタレが与《あた》えていた影響《えいきょう》は、かなり大きかった。

逆に言うと、相当な影響が出るレベルでヘタレだった……？

「……なるほど。そう考えると、悠也たちが関係を動かそうとし始めたのは、丁度良いタイミングだったのかもしれませんね」

「そうだね。逆に言えば、関係性を動かそうとすれば大丈夫って事だもんね。……で、そんなわけだから悠也くん、美月ちゃん――」

大河と雪菜が、こちらを向く『気配がして』――

「『いつまでも突《つ》っ伏《ぷ》してないで、そろそろ起きて（ください）』」

「『……もう少しで甦《よみがえ》るので、少々お待ちください』」

図星を指されて以降、ずっと精神ダメージで突っ伏している俺と美月でした。

今回の話で思い出したのが――例の風呂場で全裸遭遇の件。

あの一件で俺たちは、ソッチ方面を上手くスルーする事に成功したのだが……それって単に、関係の変化から逃《に》げただけなのではないだろうか？

更にその後、父さんから『イタすな』発言もあった事で、それが正当化され。

結果、己《おのれ》のヘタレさに気付く事すら出来ずに今に至る、という頭のイタイ現実。

「――うん、とにかく委員長、ありがとう。色々と問題点が分かって、今後の見通しがたちそうだ」

「いえ、私も思った事を言っただけですので。……大丈夫ですか？」

俺と美月を見ながら言う委員長。――さすがに、そろそろ起きるか。

「あ、あははは……うん、まぁ大丈夫。ありがと佐山さん」

「しかし――よく気付いたな。俺たち自身も気付いてない事に……」

身体を起こしながら言って、委員長を見ると――おや？　何故だか気まずげに眼を逸らしている……？

周囲を見ると、委員長の様子に戸惑っているのが、美月と大河。

そして雪菜は、にこやかな笑み《え》――に見えるのだが、付き合いが長い俺たちには分かる、『関わり合いになりたくない』とでも言う様な、距離を置くための表情。

……大河の様子から察するに、俺の言葉で委員長はこうなったっぽいが――その理由も謎《なぞ》だけど、それ以上に雪菜のこの反応は何故なんだろう？

――まぁ、雪菜には後で話を聞くとして、とりあえず今は委員長かな。

「委員長？」

「はいっ⁉　――あ、いえ、その……正直に言いますと、お2人が少々羨ましいと思って見ていたため、気が付けたのではないか、と……」

「「……羨ましい？」」

またも予想外の言葉に、美月と大河も揃《そろ》って訊き返した。

すると委員長は、言うかどうかで少し悩《なや》んだ後、やはり気まずげに口を開き。

「……ええ。お恥ずかしい話なのですが――今後の事で少々悩んでいまして……」

「え、えっと……それは、佐山さんのお相手との事で悩んでいるって事？　佐山さんの彼《かれ》氏《し》って確か、同じ風紀委員の――あの子だよね？」

美月がそう言うと、頬を染め、身体を縮こませる様にうつむく委員長。

委員長のお相手は――先月その意外性から話題に上がったため、俺も覚えている。

風紀委員の1年生、三井《みつい》俊《しゅん》くん。

その三井少年とは、あまり話した事は無いが――凛《り》々《り》しい系の委員長とは対照的に、小《こ》柄《がら》で童顔、一生懸命《いっしょうけんめい》で健気《けなげ》な様子が人気の、可愛い系な美少年。

その2人が付き合いだしたという事で、当初は『オネショタだ！』などと一部の生徒がかなり騒《さわ》いでいた。

その三井少年との事で悩んでいる？　そして今までの話から、その内容は――

と、俺が答えにたどり着いたのとほぼ同時に、大河が口を開いた。

「――佐山委員長。『知り尽くしている仲』を『羨ましい』と言っている事から察しますと……何か言えない事がある。または、三井氏の方に隠し事《かくごと》をしている気配がある、という事でしょうか？」

「……おそらく、両方ではないか、と。私に言えない事があるから思うのかもしれませんが――多分、彼《かれ》も切り出せずにいる事があるのだろうと、そう感じています……」

頬を染めたままながら、少し沈《しず》んだ声で語る委員長。

本当に予想外の事に、俺たちは顔を見合わせ……たのだが。

雪菜だけは相変わらず、鉄壁《てっぺき》の作り笑いで――更にスマホまでいじりだした。

本当に、この反応は何なんだろう？

理由無くこんな対応をする人間ではないから、何かあるとは思うんだが……？

しかし当の委員長は、そんな雪菜の反応を気にしている余裕は無い様で。

「……お、お2人は己の趣味《しゅみ》・嗜好《しこう》などは、どの様に……どれくらい、教えています？」

「え、っと……私たちの？　私も悠也も、大体は把握《はあく》してると思うけど――」

少し答え方に迷う質問に、美月も意図が掴めないからか、歯切れ悪く答えた。

俺たちは確かに、お互いの趣味・嗜好をある程度は把握している。だけどそれは教えられたモノではないし、特に教えたわけでもない。

――だけど多分、委員長が知りたいのは『どの様に教えたか』なんだよな……。

どんな答えが委員長の求めるモノに近いか……と、そんな事を考えていると。


「――美月ちゃんは悠也くんの性癖《せいへき》まで、ある程度は把握してるよね？」


「――ッ!?」

突如《とつじょ》として雪菜がブッ込んできた、トンデモない発言。

それに対し、激的な反応を見せたのは――俺ではなく、委員長。

しかし美月は、とりあえず雪菜に応《こた》えることにしたようで。

「は、はい？　……うん、まぁ。雪菜も、大河くんの性癖は把握してるでしょ？」

「うん。もちろん」

……当然の事として話す女子2名。

一方で、俺と大河の男子陣はというと——

「……悠也。私、そんな話を雪菜にした記憶《きおく》は無いのですが……？」

「……安心しろ大河。俺も一切言ってなかったのに、きっちりバレてるから」

視線を窓の外——遥《はる》か彼方《かなた》を眺《なが》めながら、会話を交《か》わす俺と大河。

しかし美月と雪菜の会話は、更にエスカレートの兆《きざ》しを見せ——

「悠也の場合、けっこう分かりやすかったかな。見てればゲームの好きなキャラとかは分かったから、それで共通点が見つけられたし。やっぱり日ごろの観察？」

「大河くんのも簡単に分かったよ。お気に入りらしいファイルが、パソコンのDドライブっていうお約束な所に入ってたから」

「…………」

大河の、窓の方に向けられていた顔が、角度を上げた。

……きっと彼は今、いと高き天の彼方を見ておられる。

「——大河よ。雪菜に隠したいモノをPCに入れておくのは、下策だと思うぞ？」

「そうですね……念のためにファイル名を『筋肉フェスティバル』にして、ダミーもかなり作ってあったのですが——全部チェックしたのでしょうか」

——すげぇな雪菜。

思わず俺も天を仰《あお》ぎそうになって——委員長を放置していた事を思い出した。

「っと、悪い。話を切ったまま放っておいて——」

と、謝《あやま》ろうと思ったのだが、その委員長はこちらなど見ておらず。

何故か——雪菜と美月の方へ顔を向け、憧憬《しょうけい》の眼差《まなざ》しで見つめていた。

「……委員長？」

「はっ⁉　な、なんでしょうか……？」

声を掛けると、あからさまに挙動不審《きょどうふしん》に。そんな様子を、全員がバッチリと確認《かくにん》。

こうなると、ようやく話の内容が分かってきた。

「その……佐山さん？　間違ってたらゴメンなんだけど——佐山さんが言えない事って、性癖関係だったりするのかな？」

「ッ⁉　…………は、はい」

美月に訊かれて『ビクッ』と反応した後、更に身体を縮こませながら、か細く肯定《こうてい》。

そんな反応を見て、美月と大河が『ようやく腑《ふ》に落ちた』といった顔をして。

そんな中——またも雪菜が、妙《みょう》な行動を始めた。

扉《とびら》の方を見て『ふぅ』と、まるで一仕事を終えたような息を吐き。

その後、壁際《かべぎわ》の棚《たな》に向かい、鍵《かぎ》付きの戸を開け、1冊のファイルを取り出し。

「——佐山委員長。その性癖を、相手に話す気は無いのですか？　話さずに……あなた方が真に望む関係を築けると、本当に思っているのですか？」

……余所《よそ》行きモードのまま、まるで宗教の説法の様な口調で話し始めた雪菜。

俺たちが唖然《あぜん》とする中、雪菜と委員長の会話は続き。

「そ、それは……しかしっ！　話した結果が上手くいかなければ、関係は完全に終わってしまうんですよ⁉　一度動けば『全』か『無』しか無いのなら、いっそ……ッ！」

そんな悲痛な言葉に雪菜は——一瞬《いっしゅん》もの凄《すご》く冷たい視線を向けた後、慈愛《じあい》に溢《あふ》れた微笑《ほほえ》みを作り、ゆっくりと告げた。

「——大丈夫《だいじょうぶ》です。あなたの嗅覚《きゅうかく》は、間違っていません」

「ッ⁉　あ、あなたは何を——なぜ知っているのですか⁉」

そんな感情を露《あら》わにする委員長に構わず、雪菜は先ほどのファイルを渡《わた》してきた。

全員の視線が、そのファイルに集まり。その表題に書かれていた文字は――

『敵対する可能性のある人物および、その周辺の調査報告書　その8』

「「「…………」」」

……マジかぁ。

『その8』って事は、最低でもあと7冊。あの書棚《しょだな》の全部が『こういう資料』だとは思わないが――多分、もっとありそうな感じはする。

「……雪菜。コレどうしたんだ？」

「えっと――おじさまたちに頼《たの》まれて。……ほら風紀委員って、その気になれば悠也くんや美月ちゃんを陥《おとし》いれる事が出来る立場でしょ？　それに生徒会とは相互監視の関係だから、完全な味方になる事も無いでしょ？　だから念のために――ね？」

……その『念のため』を、どれだけやったのだろうか？

「あ、あ、あなたは何を――ッ!?」

「あ、大丈夫。違法《いほう》な手段は全く使ってないから。普通に聞き取りや観察、あとは精々、学校の防犯カメラの画像見たり？　そういう方面に余程《よほど》気を付けている人以外、大抵《たいてい》これくらいで十分なんだ。……知りたくない事まで知っちゃうくらいには」

雪菜が淡々《たんたん》と告げた言葉に、愕然《がくぜん》としている委員長。

しかし、雪菜がこれくらいの事は出来る事を知っている俺たちは、特に動揺《どうよう》は無く。

今の内にとファイルを開くと――
・調査対象【風紀委員長・佐山 美奈】
という名前と、調査理由として『生徒会の対立組織の長だから』等の、先ほど雪菜が話した事が記載《きさい》されていて。

その後に人物評が書いてあり、最初が――


結論から述べると、重度の被虐趣味《ひぎゃくしゅみ》者の可能性が非常に高い。


「「…………」」

……マジかぁ（本日2度目）。

いや、話の流れから『ヤバげな性癖を持ってる』ってのは予想していたけど。

しかし『重度の被虐趣味者』――つまり『ドM』は、泰然《たいぜん》とした態度で取締まりを行う、凛々しい印象の委員長からは想像が出来ない。

しかし――このファイルの続きには、その結論に至った根拠《こんきょ》として、友人たちの証言や普段《ふだん》の言動・嗜好と、多角的に調べた結果が書いてあり。

個々は『疑えるかも？』といった程度でも、ここまで揃えば……確かに『可能性は非常に高い』と言わざるを得ない。――そして、更に気になる記述が続く。

・調査対象者の周辺人物：風紀委員　1年【三井 俊】

佐山 美奈の交際相手。5月中旬《ちゆうじゆん》より交際開始。経緯《けいい》は割愛《かつあい》。

加虐趣味《かぎやくしゆみ》者の可能性・大。

佐山 美奈と惹《ひ》かれあっている理由も、双方《そうほう》の趣味を察しての可能性が高い。

「「「…………………」」」

……マジかぁ（本日3度目）。

あの保護欲を掻《か》き立てる小動物系男子の三井少年が『ドS』……？

にわかには信じられないが、やはりコレにも根拠は書いてあって。

雪菜の『知りたくない事まで知っちゃう』という言葉の意味、その一部を理解した。

……そして、それらの情報と、先ほどまでの雪菜の行動を思い返すと――

「──ああ、そういう事か」

「うん、多分そういう事だね……。──雪菜、こういう資料とか調査の事とか、後でちゃんと訊《き》くからね？」

「あはは……本当は『出来る限り秘密裏《ひみつ》に』って言われていたけど、仕方ないかな」

「……そこら辺の事情とか調べた範囲《はんい》とかは、後でキッチリ聞くとして──委員長？」

「っ！」

声を掛けると、ビクッと反応する委員長。

「この資料の──あなたが被虐趣味というのは、本当ですか？」

……この後の展開へ誘導《ゆうどう》するために、説得する様なしっかりとした口調を意識したら、先ほどの雪菜の様に自然と敬語になったが──委員長には気にしている余裕なんて無さそうだし、まぁいいか。

「──い、いけませんか!? 個人の趣味に文句を言われる筋合いはありませんっ!! それに仕方ないじゃないですか！ 今さら『私、実はドMです☆』なんて言って外したら、幻《げん》滅《めつ》されるどころじゃ済まないでしょうッ!?」

……まぁ確かに、普《ふ》通《つう》ならドン引きだけど。

資料を見る限りだと、お相手の子に関しては大丈夫だろうと思う。

雪菜が情報関係の仕事で、そんな致命的《ちめいてき》なミスをするとは思えないし。

「言わないなら言わないで、アリだとは思います。ですが己の深い部分を隠したままで、深い付き合いが出来ますか？」

「それは……」

自分でも、無理があると思っていたのだろう。間違いなく暗い表情で沈み込む委員長。

「――じゃあさ？　いきなり本人に告白するのは無理だろうから、ここで少し本音を出す練習、してみたらどうかな？　私たちは、もう知っているんだし」

「伏見さん……そうですね、少し恥《は》ずかしいですが、イイかもしれません……♪」

そう言う委員長をよく観察すると……頬の赤みが増しており。微《かす》かに、しかし確かな『悦《えつ》』が混ざっているのが見て取れた。――羞恥《しゅうち》系でもイケる口か。

――今さらながら、知りたくなかったと心から思う。

「では、質問します。――その性癖を自覚したのは、いつですか？」

「……この学校に入り、風紀委員になってからです。取締まりの際に逆ギレで罵《ののし》られ、『ゾクっ♪』とキたのが、気付いたキッカケです」

「――待ってください佐山委員長。あなたが厳しく取り締まるのは、よもや……？」

さすがの大河も『聞き捨てならない』といった様子で声を上げた。

それは俺も美月も同じで——まさか罵られるために、わざと反感を買うように厳しい取締まりを……？

「いえ、さすがにそんな公私混同はしません。必要だと思っての取締まりという点に、嘘《うそ》はありません」

「——そうですか。安心しました」

語った顔は、真面目な活動中の委員長の顔。……どうやら嘘は無さそうだ。

俺も同じく安堵。さすがに、そこまで見損《みそこ》ないたくはないから良かっ——

「——ですが。それで『ゾクゾクっ♪』を愉《たの》しんでいるのも事実です」

「「…………」」

「取締まりで学内の秩序《ちつじょ》を保ち、同時に私の欲望も満たされる。なんて素晴《すば》らしい！」

……ここに、己の悦楽《えつらく》のために厳正に働くという、オカシイ状況《じょうきょう》が成立していた。

私欲のための行動だが、不正も手抜《てぬ》きもせず、むしろ熱心に動くことで快楽を得るという——『公私混同』ではなく、いっそ『公私融合《ゆうごう》』とでも言うべき状況。

「いやー、風紀を守るのって、とてもキモチイイですね♪」

この人、これ以上無いほど最高に、風紀委員に向いているのだろう。

そして同時に、史上最悪レベルで風紀委員に相応《ふさわ》しくない。

……疑問には思っていた。この人の事を雪菜は知っていたのに、今まで全く話さなかった事。そして——この人に対しては、妙に冷たい態度を取っていた事。

——そりゃあ、こんな事は話したくないわ！　冷たくもしたくなるわッ!!


俺たちが揃って雪菜に視線を送ると——

『分かってくれてアリガトウ……』という風に頷《うなず》きながら、軽く涙《なみだ》ぐんでいた。

そんな雪菜の苦労に報《むく》いるためにも——キッチリとカタをつけよう。

「では……委員長。あなたが本当に望むのは、彼とのどんな関係ですか？」

俺の問いを聞いた途端《とたん》、委員長の顔が恍惚《こうこつ》の——とってもヤバめな表情になり。

「決まっています！　あんな可愛《かわい》い子に蔑《さげす》まれ、罵られてハァハァする事こそ、私の真なる理想です……ッ!!」

……いっそ清々《すがすが》しいほどに濁《にご》りきった欲望。

そんな言葉がブチまけられた次の瞬間《しゅんかん》、入口の扉が開いて。

「——話は、しっかり聞かせてもらいました」

そう言って現れたのは、『外見は』とても可愛い少年。

それはもちろん——件の『三井 俊』少年。

おそらく、先ほど雪菜がスマホをいじっていたのは、彼を呼び出すためだったのだろう。

その上で、入口の所で待機させていたと思われる。

「…………ふへ？」

委員長の恍惚の顔が——三井少年の姿を確認して間抜《まぬ》けな声を出した後、みるみる内に真っ青になっていき。

「いやあああああぁぁぁぁぁぁぁぁぁ……ッ♪」

……普通の人ならば絶望的な状況なのに、悲鳴の最後に恍惚の色が混ざった。

それに気付いた俺たちは、全員がジト目を委員長に向け。

そして——その『全員』には、三井くんも含まれており。

「美奈さん……」

声を掛《か》け、ゆっくりと近づいて行く三井くん。

絶大なる恐怖《きょうふ》と期待が混ざった表情で待つ委員長の前に立つと――

「――すごく、気持ち悪いですね」

「ああああああぁぁぁぁぁぁぁぁぁ………♪」

全力の蔑みの表情で告げられた言葉に、絶望の声を上げ――陶酔《とうすい》したような顔になり震《ふる》える委員長。……うん、気持ち悪い。

「――悠也くん、美月ちゃん、大河くん。これで終わったから、後は任せて帰ろ?」

雪菜が、なんというか……『大きな害虫を処理した後』みたいな、感情が消えた顔で言ってきて。

「「……ソウデスネ」」

美月と大河、そして恐《おそ》らく俺も、同じ様な顔で応え。4人で生徒会室を出た。

「――雪菜。あの2人……大丈夫なのか?」

生徒会室から離《はな》れた事で、少し冷静さが戻《もど》ってきた。

生徒会室の戸締《とじ》まりもせず、あの2人を放置する形で帰路に就《つ》いてしまったが……。

「……まず、戸締まり等の事は三井くんに頼んであるから大丈夫。仮に何かあった場合は風紀委員の責任だって、言質《げんち》は取ってあるよ」

どこか遠い目でメッセージアプリの画面をこちらに見せながら、更に雪菜が続ける。

「あと……三井くんがドSっていうのは間違いないよ？　実は佐山さん関連の調査で聞き取りした時に、ちょっと相談されたんだよ。『委員長はMっぽいと思うのですが、どう思います？』って。だから——ちょっと取引したの。『そっちの仲に協力する代わりに、風紀委員の情報を少し流してほしい』って」

「「うっわぁ……」」

「さすがは雪菜ですね」

人の恋路《こいじ》を利用し、内部情報を仕入れるスパイをさせていた雪菜。

多分その意図を察した上で話を持ち掛け、相互《そうご》利用の形にしていた三井少年。

……正直、どっちにもドン引きである。

「あの2人の性癖的な相性《あいしょう》はバッチリだし、三井くんはソレ以外の面でも佐山さんの事をちゃんと好きっぽいから——上手くいくんじゃないかな」

その話を聞いて、とりあえず後味の悪い結果にはならなそうなので、安心した。

……聞いた感じ、三井くんの方も中々にヤバイ逸材《いつざい》っぽいけど。

「その……SとかMとかには詳《くわ》しくないんだけど――そっちの面では大丈夫なの？　暴力とか、アブノーマルな方面とか……」

「……『痛め付けるのは好きじゃありません。イヂメて悦《よろこ》ばせるのが好きなんです！』と熱弁してたよ。……理性と倫理《りんり》感はある様子だから、その点の心配も無いと思う」

美月の心配に、いまだ遠い目で答えた雪菜。

……本当に雪菜はあの２人関係で、どれくらい神経すり減らしたのだろうか。

だが、それもおそらく今日で終わり。

「明日、念のために話を聞く必要はあるけど……その様子なら心配は無いか」

「うん、心配は無さそうだね！　お疲《つか》れ様《さま》、雪菜♪」

俺《おれ》の言葉に、明るく続けた美月。……だが。

「――心配は無さそうだけど、どう見ても『大丈夫』ではないよね」

「「「……ソウデスネ」」」

表情の無い顔で言う雪菜に、俺たちは遠い目で同意の声を返した。

あの2人がくっつくかどうか、という点に心配は無いけど。

……くっつけて良かったのかどうか、将来は大丈夫か、という点に関しては――『きっと大丈夫』などと言う気にはなれなかった。

「…………と、とにかく！　終わったんだから帰るか！　途中《とちゅう》でスーパーに寄って、買い物して行かなきゃな。今夜はビーフシチューだぞ？」

「わ、わーい！　悠也のビーフシチュー大好き～♪　雪菜と大河くんも来る？」

「――では、ありがたくご相伴《しょうばん》にあずかろうかと」

「あ、じゃあ私も！　悠也くん、良かったらレシピ教えてくれない？」

「いいけど……時間は掛かるが、難しくはないぞ？　大河でも出来ると思う」

そんな会話をしながら、今日の事は思い返さない様に帰路に就いた。

◆　◆

「――あ、本当においしい」

「これは確かに……美月さんがオススメするのも分かります」

「でしょ？　私これ大好きなんだっ♪」

帰宅後。話した通りビーフシチューを作り、雪菜と大河も呼んで4人で夕食。

美月の好みに合わせて改良を重ねてきた得意料理は、雪菜と大河にも好評な様子。

「そんなに煽《おだ》てても、お代わりしか出ないぞ？」

「ではお代わり、ありがたく頂きます。肉多めで」

「速いなオイ」

「私も後でもらう～」

……いつもより多めに作ってはあるけど、残りそうにないかな。

っていうか大河、少しは遠慮《えんりよ》しろ。

「ところで――美月ちゃんたちって実際のところ、知らない事ってあるの？」

がっつく大河を微笑まし気にみていた雪菜が、不意に訊いてきた。

「うん？　えっと――今日のあの2人の隠《かく》し事《ごと》とかみたいな、『お互《たが》いが知らない事』って事だよね？　……無くはないよね？」

「まぁ、それは当然。プライバシーとかも、隠し事と言えば隠し事だし」

「――ああ、なるほど。言われてみれば、そういうのもありましたか。しかし……悠也にも隠し事があるんですね」

意外そうに言ってきた大河。確かに基本的には何でも話しているが……今朝《けさ》がたの下着関連の話みたいに、あえて触《ふ》れない・話さない分野などはある。

「それは当然。だから俺も美月も、お互いの部屋は不可侵《ふかしん》にしてるんだし。確かに隠し事って言うほどのモノはあんまり無いかもしれないが、何事にも例外はあるだろ」

マンションの部屋という意味ではなく、その中の一室の話。

お互いの部屋は自由に行き来できる様にしてあるが、それぞれの自室だけは、許可無く立ち入りは禁止、という事にしてある。

「そういう大河もあるだろ？　俺には知られて良くても、雪菜には隠したい事とか」

「…………思い当たる節は多々あります」

大河に話を振《ふ》ると、気まずげに視線を逸《そ》らしながら言い淀《よど》んだ。

……隣《となり》の雪菜の眼が光った様に見えたけど――気のせいだと思っておこう。

「やっぱりプライバシーとかは必須《ひっす》だと思うし……あとは、一々言う程《ほど》の事じゃない不満とか？　――ねぇ悠也？　私が料理失敗した時とか、あんまり文句は言ってこなかったけど……不満が無かったわけじゃないよね？」

「んー、この生活始めたばかりの頃《ころ》だろ？　……無くはなかったな」

最近ではほとんど無いが、以前は週1くらいの割合で料理をミスってた美月。……特に調味料を間違《まちが》えた系のミスは、中々の惨劇《さんげき》を生むわけで。

「だよねぇ。悠也が普通に食べてるのを見て私も食べたら『うげぇ』って事もあったしねぇ……。でも、悠也はそういうミスは無かったよね？」

「最初の頃は、もの凄く慎重《しんちょう》にやってたからな。……その代わり時間掛かったけど。――そこら辺に不満、無かったわけじゃないだろ？」

「……あははっ、少しイラっとした事はあったねー」

最初の頃は、かなり時間が掛かった事が多々あった。それでも当時、特に文句を言ってこなかった美月。

「そういえば悠也、一時期やたらと料理本を買い込んでいましたよね？」

……お代わり分も食いきった大河が、余計なコトを言い出した。

「そういえば美月ちゃんも――おばさんや私のお母さんに、よく料理の事を聞きに行ってたみたいだよね？」

「……あ、あはは。おばさんたちに『言わないで』ってお願いしてたんだけど……？」

美月も雪菜にバラされ、気まずげに顔を逸らして。

……俺は手際《てぎわ》が良くなる様に努力したのと『どうせ待たせるなら、待たせる価値のあるものを』と、今回のシチューみたいな煮込《にこ》み料理が得意になって。

美月は主に和食が得意だけど――それは、おばさんたちから『お袋《ふくろ》の味』的なものを習ってきたから、という事かもしれない。

「……なるほど、これが例外の隠し事ですか」

「うんっ♪　こういう前向きな隠し事なら、確かにあっても良いかもね？」

感心した様に頷いている大河と、楽しそうに言う雪菜。

「……別に、コレを意図してたわけじゃないんだが？」

「あ、あははっ！　だけどこういう隠し事なら、確かにアリかもって感じだよね♪」

美月も俺同様、気恥《きは》ずかしそうに、だけど少し楽しげでもあって。

今日、委員長に指摘《してき》された様に。俺と美月は付き合いが長い事もあって、相手の知らない事はほとんど無い――と、思っていた。

だから、こういう『新しく知る』という感覚は珍《めずら》しく、少し新鮮《しんせん》な感覚で。

「委員長たちみたいなのはどうかと思うが……こういう新鮮さがあるなら『知らない事が

ある』っていうのも、やっぱり良いな」

「うんっ、そうだねー。私も悠也も、これからも成長していけば『相手の知らない事』は出てくるだろうし――そういうのを探すのは楽しいかも？」


相手が成長する事で生まれた、新しい『知らなかった事』。

それを知れたら確かに楽しいだろうし――同時に、いつまでも『新しい自分を知ってもらえる』そんな自分でありたいとも思う。


「……その考え方、２人らしくて良いと思うけど――それ多分、恋人《こいびと》っていうより夫婦《ふうふ》の考え方だと思うよ？」

呆《あき》れた様な口調で言ってきた雪菜。

だけど、そもそもが委員長から指摘された事が基になって出てきた考え方だから、まぁ仕方ないかと思う。それに――俺たちなら無駄《むだ》にならないし。

「ま、いいんじゃない？　どうせ私たちは婚約者《こんやくしゃ》なんだし」

「――だな。先々まで使える教訓って事で、お得だと思っておこうか」

委員長には『お互いの知らない事が無いせいで、熟年夫婦の倦怠期《けんたいき》チックになっているのでは』的な事をいわれたが……『それは確かにそうだ』と認めた上で。

俺たちはまだまだ『知らない事』をいくらでも作れる。だから今は——本当に限界になるまで、俺たちらしく進んでいきたいと思った。

「……そんなんだから、熟年夫婦って言われるんだと思うよ？」

「いいんじゃないでしょうか？　当人たち、何だかんだで悪い気はしてない様ですし」

……大河と雪菜に好き勝手言われているが、否定はしづらいんでスルーしよう。

揃って視線を逸らしている俺たちに、雪菜が呆れた視線を向けてきていたが——不意に溜《た》め息《いき》を吐《つ》いた後、少しイヤそうな顔をして。

「それにしても……あの２人の件が、美月ちゃんたちの役に立つとは思わなかったよ」

「今回の件は、役に立ったと言えるのですか……？」

雪菜の言葉に、大河も少しイヤそうな顔でそう言ったが——今回の件で得るモノがあったのは事実で。

「微妙《びみょう》な気分になるのは分かるが……とりあえず委員長のおかげで、俺たちの問題点が分かったのは大きいかな。そこは本当に感謝してるよ」

「そうだねー。それに私たち、恋愛《れんあい》関係で悩む事ってほとんど無かったから——こういう他人の恋愛模様って、いい参考になるよ」

そういう俺たちに、大河はなおも訝《いぶか》し気な顔で。

「あのSとかMとかの関係が、ですか……？」

「……まぁ趣味嗜好《しゅみしこう》の話を置いておけば――アレは『相手を想《おも》うが故《ゆえ》に、自分の本心を押《お》し殺す事の是非《ぜひ》』って話だから。分類上は真っ当と言って良い悩みだろ」

「自分たちに当てはまるかはともかく、不足してる経験を補うためって考えれば、良い勉強になったって思うよー」

俺と美月は生まれた頃から許嫁《いいなずけ》で、関係も良好。だから自分たちの恋愛で悩んだ事は皆《かい》無《む》に近いし、恋愛関係の相談を受けた事もほとんど無い。

だからその方面の経験値は極《きわ》めて少なく……それはある意味で『対人関係の人生経験が不足している』と言ってしまってもいいだろう。

……教材としては不適切にも程があった気もするが――人生経験の不足を自覚した俺たちにとって、今回の一件は十分に今後の糧《かて》になり得ると思う。

「……なるほど。そういう事でしたら、分かる気もします」

「今後こういう恋愛方面の相談とか、機会があれば積極的に受けても良いかもな」

「そうだねー。余計なお節介《せっかい》まではしたくないけど、良い経験にはなりそうだよね」

大河も納得《なっとく》し、俺と美月は今後の事を話し。

そんな中……ただ1人、雪菜だけはなぜか遠い目をしていて――

「じゃあ……アレと同レベルのカップル、何組か知ってるんだけど――受ける……？」

「「……すみませんマジ勘弁《かんべん》してくださいッ！」」

俺たちは少し絶句した後、揃《そろ》って心から慈悲《じひ》を求めた。……雪菜さん。あなたはどれだけの闇《やみ》を抱《かか》えているのでしょうか？

――っていうか、あのレベルが複数組いるとか……ウチの学校、本当に大丈夫か？

◆　◆

「――んー、これで大丈夫、かな？」

雪菜と大河が帰った後、美月は洗い物をしてくれて。俺はその間、先週のトラブルに関して風紀委員と話し合った事、その理事長への報告書を作っていた。

「悠也、終わったのー？」

俺の呟《つぶや》きが聞こえたらしく、キッチンから美月が声を掛けてきた。

「ああ。そっちはー?」

「こっちも、もう終わるー」

もう水音は止まっているし、手伝える事は無さそうか。

少しだけ暇《ひま》を持て余し、今日の一件を思い返したところで——本当になんとなく『訊いてみようかなという』事が浮《う》かび。

「美月ー?」

「んー、なにー?」

声を掛けると、ちょうど終わった所らしく。エプロンを外しながら歩いてきて。

「美月も何か、隠し事《ごと》って無いかー?」

単に『話の種』程度の気持ちで訊いたのだが——美月は少し悩《なや》む様な表情になり。

「——隠し事ってわけでもないけど……言わない方が、隠し事になっちゃうかな」

美月は椅子《いす》に座《すわ》る俺の後ろに回り込み。後ろから抱《だ》きついてきて。

「……どうした?」

まるで懐《なつ》いたネコがする様に、身体を寄せて頬《ほお》ずりをしてくる美月。

その様子に深刻さは無いが……少し不安、といった感じに思えて。

「んー……『恋人っぽい事をー』とか言ってるけどさ？　そもそも私……恋愛感情とか、実はあんまり分からないんだよねー」

苦笑いしながら、そう言った美月。

軽い感じの口調だし、実際そう重くは考えていないのだろうが……少しだけ、俺に抱きつく手に、力が入っていた。

……ふむ。と、少し考えてから。俺は右手の指を1本立て――

「――ていっ」

「ふにゃっ!?」

わき腹を強めに突《つ》くと、本当にネコの様な反応で飛び退く美月。

「な、何するかなぁっ!?」

おそらく完全に予想外の不意打ちを受けた動揺と、妙な反応をしてしまった羞恥で、頬を赤くしながら抗議《こうぎ》してきた。

「いや、なんか柄《がら》にも無く余計なコトを考えてそうだったから、つい？」

「……『柄にも無く』って、ヒドイと思うんだけど？」

もちろん、美月が能天気だとは思っていないけど。

だけど、こういう『考えてもしょうがない事』でネガティブになるのは珍しい。

しかし、それは同時に『それだけ真剣《しんけん》に俺たちの事を考えている』という事で。

「？　悠也、なんで笑ってるの？」

「ん？　――ああ。美月、意外と俺にベタ惚《ぼ》れしてるだろ、って思って？」

思わず顔に出ていたらしい。それを指摘されたので――半ば照れ隠しで言ってみた。

すると一瞬、驚《おどろ》いた顔をした後、いつもの悪戯《いたずら》っ子の様な顔になり。

また俺の後ろに回り、こちらの頬を弄《いじ》りながら。

「――うん、そうだよ？　だけど悠也も、私にベタ惚れしてるでしょ？」

「ま、否定する余地は無いな」

返答しながら、俺も再び脇腹《わきばら》や腹部、頬などを指で突いて反撃《はんげき》。更《さら》に美月も、笑いながら応戦してきて――その笑う顔には、裏も暗い色も無い。

……だから安心して、今度は俺が真面目《まじめ》に話す。

「俺もな、似た感じなんだよ。……当然、美月に好意はある。だけどコレが恋愛感情かの確証が持てなくて――『恋愛感情を持っていないんじゃないか』、最悪の場合は『今後も持てないんじゃないか』っていうのが不安なんだよな？」

先ほどの『お互いにベタ惚れ』っていうのは、本心。

だけどその反面、『恋愛が分からない』っていうのも、間違いなく事実だったりする。

俺と美月は、物心が付く前からの幼馴染《おさななじみ》で、早々に『許嫁』と言われ。

子供の頃からずっと一緒《いっしょ》で——これからも一緒である事を当然の事として受け入れていて。お互いに気が合っていた事も幸いし、それに不満も持っていない。

だから好意が——『家族へのモノ』なのか『男女の特別な感情』なのか分からない。

……そもそも、お互いが居る事が当然な状態のため『特別な感情』というモノが理解出来ているか、自信が無い。

美月に対して独占欲《どくせんよく》は抱いているが——それすら、姉妹や娘《むすめ》を『お前なんかにやらん！』とか言う家族のものと違《ちが》うのか、俺自身も分かっていない。

「……あはは、本当にそんな感じだよ。気が合うねー」

また苦笑い気味の美月だが、今度は不安の色は無い。

正確に言い当てられた事、そして俺も同じだという事で、少し安心出来たのだろう。

——ならば、今はそれで良いと思う。

「感情の問題を難しく考え過ぎると、ドツボにハマると思う。……分からないモノは分からないし、それで問題が無いなら、それでも構わないいんじゃないかな」

「――ふむ。んー……」

少し考える仕草を見せた美月は、そのまま俺の後ろに来て、また抱きついてきた。

ただ今度は上機嫌《じょうきげん》で、もし本当にネコなら『ごろごろ』と喉《のど》を鳴らしそうな程に。

「んー……♪　――うんっ。こういう事が出来るのも、したいと思うのも悠也だけだし。

……なら、それでいいか♪」

そう言って、楽しそうに頬ずりしてくる美月。


……話がまとまって良かった――所だが。実はもう一件、話があって。


「あー……美月さんや。話がまとまった所で、更にこんな体勢の時になんなんだけど――むしろこの体勢だからこそ、話しておきたい話があるんだが？」

「んー？　なんでしょうか悠也さんや～？」

少々気まずげに話し始めた俺に対し、美月は相変わらず『懐いたネコ』モードで。

だけど――これから話す事を聞いたら、どういう反応するかが、少し怖《こわ》い。

「今まで俺、自分のスケベ心というか……ソッチ方面の感情を見て見ぬふりしていたっぽいんだ。……今日の話で、それは必ずしも良い事じゃないって思ったから、これからは誤《ご》魔《ま》化《か》すのを止めようと思う」

もちろん最低限のマナーは必要で、いきなりエロ暴走とかは論外だと思うが。

それでも、関係の変化を恐れて自分を誤魔化すのは、極力もう止めようと思う。

と。そんな認識《にんしき》を改めた今の俺には──今の状態に、少々思うコトがあるわけで。

「え、えーっと……私も似た様な事は考えていたんだけど──ちょっと確認《かくにん》していい？」

「──どうぞ」

少しためらいがちに訊いてきた美月に、少々不安を抱きながら応《こた》えると──

「──それ、堂々とした『エロ目線で見ます宣言』ってコトでＯＫ？」

「違ッ──……言い方はともかく、違くはないデス、ハイ……」

反射的に反論しそうになったが……よく考えると正にその通りなわけで。

今の密着状態も『役得』と思っている俺は、大人しく認めて沙汰《さた》を待つと。

「んー……、そうなると今後はこういうの、止めた方が良い？」

「いや、いきなり暴走する事は無いだろうし——例の『イタすな』は守るつもり。だから……美月がイヤじゃなければ、今まで通りでお願いします」

「あははっ。本当に、悠也も男の子だね～」

そう言って、楽しそうに笑う美月。その様子には、不快な様子も戸惑《とまど》いも無く。

その事に、むしろ俺の方が戸惑っていると。

美月は俺から離れ、俺に向き合い——


「——悠也になら、そういう眼《め》でみられるの、イヤじゃないよ」


少し頬を染め、はにかみながら、そう言った美月。

その姿に——不覚にも、思わず久しぶりに見惚《みと》れてしまい。

美月の姿と言葉に、俺は言葉を無くし。そこへ、更に言葉は続き——

「それに悠也のエロ視線、今までもそこそこの頻度《ひんど》であったし」

今度の言葉は、俺の男の子なメンタルにグッサリと突き刺《さ》さった。

「……マジで？」

「うん、マジ。──本当に自覚無い？」

言われて思い返すと──美月の事は普通に綺麗《きれい》だと思っているし、以前の『全裸遭遇《ぜんらそうぐう》』も だが、普段《ふだん》の接触《せっしょく》過多もキワドイ格好も、役得だと思ってはいた。

つまり……自分で自分を誤魔化していただけで、相手から見ればエロ目線に違いは無く ──それを俺が気付かなかったのは、美月がスルーしていただけ、という事で。

「今後はしっかり我慢《がまん》します……」

「あははっ！　別にイヤじゃないから、今まで通りでいいよー」

そう言って、明るく笑った美月──だったが。

不意に、なぜか少し気まずげな、少し恥ずかしそうな顔になって。

「それに……誤魔化してたの、悠也だけじゃないし」

「へ……？」

言われて考え──気付いた。

俺の事を気付いていた上で、イヤに思わずスルーしていた美月。

——その上で、自分からの接触を続けていたという事は……？

「あ、あはは……。無反応よりずっといいし、『そうなったら、そうなった』で、それでもいいかなー、なんて……」

半ばヤケ気味に笑いながら言う美月だが、むしろ頬の赤さは増している。

一方で俺も反応に困り、頬を熱くして黙《だま》るしかなく——

「「…………」」

ついに、2人揃って赤面して黙り込むという珍しい状況。

……いや、恋人っぽくやってみようと言い始めた日に、似た展開にはなったけど。

その時は食事で話と空気を変えたが、残念ながら今は食後。

——さて、どうするか……と考えていたら、先に爆発《ばくはつ》したのは美月で。

「な、なんか私ばっかりいろいろ暴露《ばくろ》してる気がするっ！　不公平だから今度は悠也が隠し事を言う番!!　まだ隠してる性癖《せいへき》でも可っ」

……照《て》れ隠しなのは分かるが、また厄介《やっかい》なコトを言い出した。

だが、またあの沈黙《ちんもく》に戻るのは避《さ》けたいし、『これでこそ美月だ』という気もする。

だから、話に乗ることにしよう。さて、何を話すかと考え——

「——実は隠れポニテ好きです」

「ブー。それは知ってるのでノーカンです！　──性癖でもいいよ？」

……やっぱりバレていたか。要するに、何か性癖を暴露しろと？

「──ポニテ好きだけど、うなじより脇《わき》が好き」

「あ、それは知らなかった。考えてみれば、ボディライン好きの延長線かな？　……うん、仕方ないから今はこれで勘弁してあげよう」

意外とアッサリ終わらせてくれた。

やはり俺の性癖を聞く事より、場の空気を変える事が目的だったからか。

俺がそんな事を考えていると、美月は立ち上がり、近づいてきて──

「……え？」

頬に、分かりやすく『ちゅっ』と音を立ててキスをして。

「──さて。今日はもうお風呂《ふろ》入ってから寝《ね》るねっ。お休み、悠也！」

「……ああ、お休み」

俺から離れながら、こちらを見ずに言う美月に、苦笑《くしよう》しながら返すと。

動揺《どうよう》が少ない事に不服そうな顔をして──から、また悪戯《いたずら》を思いついた顔に。

「あ、そうだ。昨日やった『恋人っぽい事チャレンジ』、まだ今日はやってないよ？」

「……覚えていたか。だけど、さっきの密着で十分だと思っていたんだが？」

俺も忘れていたわけじゃなかったが……さっきの雰囲気《ふんいき》で『恋人っぽい事をしよう！』などとは言い出し難《にく》かったわけで。

「だけど悠也？　これは『意識する事』が大事なんだから。そんなわけで、今度はしっかり意識して——さっきのをもう1回♪」

「……『さっきの』って言うと——後ろから抱きついてきたやつか？」

「そうそう。それを——20秒でいいかな。どう？」

……妙《みょう》に楽しげなのが気になる。だが、それを理由に断るのも、何か悔《くや》しい。

「いいけど、何を企《たくら》んでいる？」

「失礼だなー。変なコトをする気は無いよ？　——じゃ、早速《さっそく》……スタートっ！」

そう言い、さっきと同じ様に抱きついてきた美月。

……全く動揺しないというわけではないが——ある意味で慣れている行動なので、今回はそこまで取り乱す事も無く。

無事に半分を過ぎた、といったところで美月が口を開き、俺の耳元で——

「——ついでに私の性癖も言うね？　……悠也の体温、好きなんだ♪　落ち着くし——少しだけ、ドキドキするから」

「…………」

思わぬ発言で動揺した俺を見た美月は、素早《すばや》く俺から離れ。

「20秒経《た》ったね。お疲れ様――。――じゃ、お休みっ」

そう言って美月は去って行った。こちらの様子を見る事も無く――自分の表情を隠す様に、一度も振り返らず。

――気に食わなかったからって、自爆攻撃《じばくこうげき》で理性削《けず》っていくの、やめてくれない？

3章 ✓✓✓ ちっちゃい子は好きですか？

「――ん……？」


……朝。何故か目覚ましが鳴る前に目が覚め。

原因を考え――ようとしたところで、すぐに気付いた。

キッチンから『トントントン』という小気味よい包丁の音と、味噌汁《みそしる》の良い匂《にお》い。

「……美月《みつき》が起きてるのか。珍しいな」

実は寝起《ねお》きが悪い方ではないのだが、単純に寝るのが好きで『二度寝《にどね》は至上の贅沢《ぜいたく》』と思っているタイプのため、ギリギリまでゴロゴロしている事が多い。

その美月が俺の目覚ましより早く……しかも、今日は俺が朝食当番だったはず。

「……何かあったのか？」

昨夜の事を考えていて眠《ねむ》りが浅かった……なんて事も有り得る。

――そんな事を考えながら、簡単に身支度《みじたく》を終わらせ、部屋を出てキッチンへ。

「あ、悠也《ゆうや》おはよー」

「…………ああ、おはよう」

朝食の仕上げに入っている美月が俺に気付き、妙に機嫌《きげん》良く挨拶《あいさつ》を。

昨日の朝に続きポニーテールで、エプロンの下は制服。それによく見ると、薄《うす》くではあるがメイクまで──と。ここまで観察した時点で、何となく察した。

「──なぁ美月？」

「ん？　どうしたのー？」

テーブルに朝食を並べる美月を手伝いながら声を掛《か》けると、相変わらず機嫌良く──いや、微妙にテンション高く答える美月。

その様子で確信した俺は、続けて問う。

「──昨夜、寝たか？」

「…………何の事かな？」

一瞬《いっしゅん》動きを止めた美月が、分かりやすく顔を逸らしながら言った。

――まぁ、美月がこんな分かりやすい反応をしているという事は、とっくに観念している証拠《しょうこ》だったりするのだが。

同時に、少し安堵《あんど》。もし俺も関係する理由だった場合や深刻な事情だった場合、美月は気付かれない様に、もっと上手《うま》く誤魔化そうとする。

「繰《く》り返すぞー。……昨夜、寝たか？」

おそらく――早く起きたのではなく、最初から寝ていない。

テンションが高いのは、徹夜《てつや》明けでハイになっているだけ。メイクは疲れが顔に出ていても気付かれないように、だろう。

「………だって昨夜寝ようとした時に、限定イベが今日までだったって思い出したんだもん！　もう一段上の報酬《ほうしゅう》を狙《ねら》いたかったんだよぅ!!」

「あー、そういう事か」

少々ソシャゲも嗜《たしな》んでいる美月。俺たちはそこそこの資金力があるため、無課金（無理の無い課金）でも、同年代の平均よりは多めに課金をしている様子。

俺も趣味《しゅみ》にそこそこ金を掛けているので、度を超《こ》えなければ文句を言う気は無い。

「――で、首尾《しゅび》の方は？」

「ん、ノルマは達成したから大丈夫《だいじょうぶ》っ！」

「それは何より。……だけど、無理はするなよ？」

「ありがと♪　ついでに今日、帰ったらノート見せてくれない？」

「……やっぱり授業中に寝る気か。――バレない様にな」

「それも大丈夫！」

自信満々に応える美月。……常習犯だし、あまり俺《おれ》も心配していないけど。

色々な面で、実に器用な美月。そこら辺は本当に羨《うらや》ましい。

「はぁ……。とにかく、朝食当番ありがと。――いただきます」

「はい、どういたしまして♪　どうぞー」

そんな楽しそうな声を聞いてから、朝食に手を付け始めた。

美月手製の朝食は『ざ・日本の食卓《しょくたく》』的な和食。

――うん。やっぱり美月の玉子焼き、うまっ。

「本当に、和食は全く美月に勝てる気がしないんだよな」

「ありがとー。――あ、そういえば。話は変わるんだけど……新聞に、熱帯魚の店の広告が入ってたよ？」

「……ほう？」

俺の趣味はアクアリウム——という程ではないが、水槽《すいそう》をいじったりして熱帯魚等を飼い、観賞する事。

この部屋に水槽は無いが、実家には俺が手がけた大きい水槽があり、何種類もの熱帯魚を飼っている。

普段は実家が雇《やと》っている家政婦さんに世話をお願いしているが、俺も月に最低1回は実家に行くので、その時に掃除《そうじ》や模様替《もようが》えをしたりしている。

「新しい子、買うの？」

「んー……少なくとも、すぐには買わない。品揃《しなぞろ》え見て、実家の水槽を世話してくれてる人たちと話し合ってから、かな。水草とかオブジェは買うかもしれないけど」

「この部屋にも水槽置けばいいのに」

「……悩んだけどな。手が回らないと可哀想《かわいそう》だし、引っ越《こ》す時に困りそうだから」

今は『自動エサやり器』なんて便利な物もあるし、楽をしようと思えばいくらでも出来るが……逆に手を掛けようと思えば、いくらでも手を掛ける余地がある。

自分が『程々《ほどほど》』で止められる自信が無いため、最初からやらない事にした。

……その代わり実家の水槽の方には、かなり注ぎ込んでるけど。

「じゃあ悠也、週末はそこに？」

「そうだな……そうしようかな」

そんな風に週末の予定を考えていると……ふと、昨日の『恋愛感情が分からない』という話や、『恋人っぽく』という話を思い出して。

「……もし日曜あたり暇なら、一緒に行くか？　他にも買い物とか――デートっぽく」

「――へ？」

いつの間にか、そんな事を言っていた俺に、美月は少し『きょとん』としてから。


「――うんっ！　楽しみにしてるよっ」


少し予想を超えて嬉《うれ》しそうに応えた美月。

「……そうか。それなら、他に何処《どこ》か行きたい所とかあるか？」

「んー、すぐには浮かばないから、食べ終わったら少し調べてみる。どうせなら、しっかりデートっぽくしたいしね？」

悪戯っぽく笑う顔に、色っぽさは無いけれど。

これだけ喜んでくれるなら、今後ちょくちょく誘《さそ》うのも良いかもしれない。

「――んじゃ、後片づけはやっておく」

「ありがとー♪」

……さて。今はしっかり食べて、洗い物を終わらせて――俺も調べ物に参加するか。

◆　◆

「――それで？　そんな事をしている内に、遅刻《ちこく》しそうになったと」

「反省はしています」

――間に合ったし、調べ物と雑談に時間を費やした事も、後悔《こうかい》してないけど。

現在、昼休み。

朝はドタバタしていたし、授業の準備やら美月が寝てたりやらで、ゆっくり話すのが今になった。

ちなみに。今日の俺たちの昼食は、購買《こうばい》で買ったサンドイッチやアンパン。

……遅刻しそうになったのに、弁当作る時間などあろうはずもない。

雪菜《ゆきな》はいつも自作の弁当。大河《たいが》も手作りの鳥肉のサンドイッチとプロテイン。

あえて確認していないけど……大河のサンドイッチも、たぶん雪菜が作っている。

「うるさい事を言う気は無いけど……一応、私と大河くんには『お目付役』っていう建前があるんだから、気を付けてね？」

確かに、生徒会長と副会長が雑談していて遅刻。しかもそれが何度も——などとなったら外聞が悪い。……オマケに美月は授業中に寝ていたし。

「「大丈夫。遅刻はしないように気を付けるよ」」

「……ギリギリになる事は、今後も有り得るって事だね？」

即座《そくざ》にこちらの考えを見抜《みぬ》いた雪菜が、チベットスナギツネの様な眼を向けてきた。

守れる自信がない約束は最初からしない主義の、俺と美月です。

「……ま、いいや。私も一応、言っておいただけだし。それはそうと——美月ちゃん。頼《たの》まれてたアレ、調べておいたよ？」

諦《あきら》めた様な溜《た》め息《いき》と共に言った雪菜だが……後半は真面目な顔になり、美月にメモを渡《わた》した。

「え？　——ああ、あの件か。……うん、やっぱり罠《わな》だったかぁ」

「……何の話だ？」

「んー。この前のパーティーで名刺《めいし》を押し付けてきた人に、ここの株を勧《すす》められたんだけど――はい、コレ」

こちらに向けられたメモをのぞき込むと――とある企業名《きぎょうめい》と、その企業《きぎょう》とウチのグループ企業との関係が調べられてあった。

孫会社の、取引先の取引先。かなり遠いが無関係ではない、くらいの関係会社。

「あー、またこの手の罠か。定期的に現れるな。――雪菜、報告は？」

「うん、もちろん済んでるよ。オマケで首謀者《しゅぼうしゃ》とかの背後関係も調べておいた」

「さすがですね、雪菜。しかし本当によく釣《つ》れますね。今さら悠也たちが、この程度の罠に掛かるわけがないでしょうに……」

勧められた株を買って運用して利益が出てしまえば、下手をするとインサイダー取引の疑惑《ぎわく》が出てしまう、という遠回しな罠。

関係は遠いし、捜査《そうさ》が入れば勧められた経緯《けいい》なんかも分かるだろうから、実際に罪に問われる可能性は低い。……しかし疑惑を持たれた時点で、俺の将来と企業イメージにダメージは入るし、相手側は嬉々《きき》として騒《さわ》ぎ立て、そこを突いてくるだろう。

――と。こんな罠が、俺たちが投資を始めてから度々《たびたび》仕掛《しか》けられてくるわけで。

「俺たちが投資で金稼《かせ》ぐって言った時点で、こうなる事は予想できたからな。父さんたちは上手く利用してるみたいだぞ？　愚《おろ》か者《もの》が動きやすい状況《じょうきょう》作ったり、罠にしやすい関係の取引会社を作ったり」

「ね？　私たちが本格的に始めるとき『お前らを囮《おとり》にしていいか？』って、ハッキリ訊《き》かれたからねー」

身内の前では『愉《ゆ》快《かい》な中年』な父さんだけど、あれで相当なやり手。

この件で相手に明確な制裁を与《あた》える事までは出来ないが、敵意を持つ相手を炙《あぶ》り出したり、逆にこの件を弱味《よわみ》として握《にぎ》って交渉《こうしょう》を有利に——くらいはするだろう。

俺も父さんも、人をハメたり陥《おとし》れたりは好きではない。

好きではないが——悪意を向けてくる相手には、一切《いっさい》の容赦《ようしゃ》はしない主義。

おそらく今回の『敵』にも、相応の反撃を行うと予想される。

……ところで雪菜さん、なんで貴女《あなた》も『うんうん』とか頷《うなず》いてらっしゃる？

まさか、その手の策略に関《かか》わっていたりしないでしょうね？

「ま、私たちは気をつけて、だけどいつも通りにやっていればいいんだから、楽と言えば楽だよねー。で、それは良いとして……なんで皆《みな》、そんなに離《はな》れてるの？」

美月の言葉で周囲を見れば……教室にいた同級生たちが、俺たちから少し距離《きょり》を置き、引き気味の視線をこちらに向けて来ていた。

俺たちの視線を受け、皆さんは視線を交《か》わしあい、やがて声を揃え――

「「「「早くも汚《きたな》い世界に順応している君らに、かるくドン引き」」」」

「いや、俺たちは単に囮というか、釣り餌《え》やってるだけだぞ？」

……約1名、目を逸《そ》らしている雪菜が、どこまで関わっているかは知らないけど。

「や、その状況を平然と受け入れてる時点でもう……ね？」

「っていうか昼休みの教室で、ガチな企業間の謀略話《ぼうりゃくばなし》をするんじゃねーよと」

同級生2名の反論に、ドン引きしていた周囲の面々も頷いている。

……言ってる事は分かるけど。そんな汚《よご》れているか、俺たち？

ちなみに雪菜さん、尚《なお》も顔を逸らしています。本当にどこまで関わって……？

「あ、あはは……いや、ほら。私たちはただ生活費を稼いでるだけで、その状況を大人が利用しているだけだし――ね？」

そんな美月の言葉にも、疑問の声が飛んできて。

「あんたら皆、金には困ってないだろうに……なんで今から危ない橋を渡ってまで金稼ぎしてんの？」

——いや、実はそんなに危ない橋は渡ってないんだけど。

一定以上の損失が出たらキッパリ止めると決めているし、その上で冒険《ぼうけん》はせずに少しずつ増やしている。

今回みたいな罠に関しても教育は受けているから、何回も見てれば慣れてくるし。

おまけに今は学生の身分だから、『万が一』が起きた場合は親からの援助《えんじょ》を期待できるため、俺たち自身のリスクは更に下がっていたりもする。

「——稼ぐ理由は……今後の生活のため？　実は将来の会社経営のための勉強と、２人で生活出来るかという実地テストを兼《か》ねているんだわ」

「なんの練習もなく『お前らは明日から社長！』とか言われても困るしねー？」

「悠也くんと美月ちゃん、そっち方面でも評価が高いんだよ？」

「「既《すで》にプロ扱《あつか》いの雪菜が言うな（言わないでください）」」

ついでに色々と残念イケメンな大河も、ボディガードとしての力量と、それ以外にも速記等、余計な事を考える余地の無い分野に関しては非常に優秀《ゆうしゅう》だったりする。

と、そんな事を４人で話している俺たちに、周囲の人間はというと。

「「「「…………」」」」

なぜか皆さん、更に引き気味&同情の眼差《まなざ》し。

……改めて考えてみると──確かに、大人の世界にドップリかもしれない。

「い、いや、ほら！　あとは趣味とか、遊ぶ金のためっていうのもあるし……」

「あ、あはは……。私も悠也も趣味にそこそこ使ってるから──そのために頑張《がんば》らなきゃっていうのも、本当だよ？」

「趣味？　伏見《ふしみ》さんがソシャゲやってるのは知ってるけど、鳥羽《とば》くんも趣味あるの？」

「あれ、言ったこと無かったっけ？　──水槽いじって熱帯魚観賞というか。今住んでるマンションには無いけど、実家に大きな水槽持ってる」

──未《いま》だに『アクアリウム』って言うのに抵抗《ていこう》があるんだよな……。

そんな肩肘《かたひじ》張《は》ったモノだと思ってないし、元々はただの魚好きだし。

「……また高校生らしくない趣味を。ある意味で御曹司《おんぞうし》っぽいと言えなくもないが──なんでそんな趣味を始めたんだ？」

「え？　あー……それは──」

訊かれてから、失敗した事に気づいた。

……俺が魚好きになった理由は、少々話し辛《づら》い内容だったりする。

別に『それ』を忘れていたわけじゃないが……意識もしていなかったため、趣味の話がマズイ方向に進む可能性を失念していた。

「――そういえば、私もそれ知らないや。いつの間にか始めてて……中学の入学祝いで大きな水槽買ってもらってたから、小6あたりから？」

「……入学祝いに水槽を要求する子供て。だけど、伏見さんも知らない、だと？」

――これ、言わずに済ませられる状況ではなくね……？

なんとか誤魔化したいが……

「ねぇ、悠也？」

そう俺を呼ぶ美月は、とってもイイ笑顔《えがお》で。

「お互《たが》いの知らなかった事を知るのは、良い事だと思うんだ♪」

……学んだばかりの教訓を、ここで持ち出してきた。

それをわざわざ言ったという事は、見逃《みのが》す気は無い、という事だろう。

これは、諦めて言うしかなさそうか。

「……きっかけは――小5の冬の、ある事件から、だよ」

「「「……は？」」」

俺の発言に、即座に反応して声を漏《も》らしたのは、幼馴染３人。

それは知らないからではなく、むしろ『その件』しか思《おも》い浮《う》かばないからだろう。

「え？　ある事件って……？」

どうも様子がおかしい３人を不思議そうに見ながら、１人が訊いてきた。

「……小５の冬。正月三が日も終わってノンビリしていた時——美月の突発的《とっぱってき》な発案で、２人でちょっと出かける事になったんだ。……何処だと思う？」

どうせ言うならと開き直ったら、少し悪戯心が出てきて、訊いてみた。

「んー、小５でしょ？　少し遠くの有名神社に初詣《はつもうで》、とか？」

「いや、金持ちなんだし——某夢の国とかのテーマパークじゃね？」

「それなら別荘地《べっそうち》とかも有り得るよね」

……うん。そこら辺が普通《ふつう》なんだろうけど、それなら『事件』ではないわけで。

「——いや。南アルプスへ登りに」

「「「「小5が思いつきで冬山登山⁉」」」」

皆さん揃《そろ》って『何考えてんの⁉』というリアクション。

ちなみに美月さんは現在、全力で顔を逸らしております。

「……途中《とちゅう》までは順調に登っていたんだよ。だけど結構な高さの所になって、美月のテンションが絶景を見て爆上がりしてな――接触事故が発生。俺、滑落《かつらく》」

「「「「うっわー……」」」」

皆さんドン引きしながら、視線を約1名に集中。

その約1名――美月は、顔を逸らすどころか、既にほぼ真後ろ向いてる状態。

「最低限の防御《ぼうぎょ》はしたけど最後に頭を打って……一時意識不明になった、っていう事件があったんだよ」

「――私と大河くんが2人のお目付役になったの、その件が原因なんだよね……」

「悠也と美月さんの一族、および関係者一同にとっては未だにトラウマで――『冬山登山』は今もNGワード扱いですからね」

「……うん。さすがにあの件は、すごく反省しているよ……」

「いや、俺も途中から『せっかく来たんだから』ってノリノリで登ってたから、美月だけのせいじゃないからな？」

雪菜と大河の言葉に、さすがに凹《へこ》み気味の美月をフォロー。

周りの面々の様子は――もう終わった事だからか、美月を責める様子は無い事に安堵。

ただ、かなりドン引きしているみたいだが。

…………ここはとりあえず、とっとと話を締《し》めよう。

「――と、そんなわけで。元気溢《あふ》れる子供の突発的な行動には気を付けよう、って話」

「あー、なんつーか――お疲《つか》れ。鳥羽も色々あったんだな……」

そんな事をしみじみと言われ、周りからも同情的な反応が返ってくる中で。

「お疲れさまですが――ところで悠也。それが趣味とどういう関係が?」

「「「「あっ」」」」

――チッ。このまま誤魔化せれば、なんて思っていたのに。

他の皆は、我ながらショッキングな過去話に気を取られていたから、有耶無耶《うやむや》に出来そうな空気だったのに。大河のせいで『今度は逃《に》がさんぞゴルァ?』な感じに。

――仕方ない。今度こそ諦めるか。

「俺が落下した後。美月も慌《あわ》てて崖《がけ》を降りて、駆《か》け寄ってきたんだよ。……何とか応えようとしたんだけど——見上げた所で、意識が途切《とぎ》れたみたいでさ」

——空の蒼《あお》。雪の白。

まるで天国の様な景色の中、俺を呼びながら駆け寄ってくる美月。

俺は『大丈夫だ』と言いたくて、手を伸《の》ばそうとして——そこで、意識は途切れた。

あの時の光景は……理由があって、今もハッキリと鮮明《せんめい》に覚えている。

「——まさか、三途《さんず》の川で魚と泳いだとか、そういう系の話……？」

「それより……臨死体験した後に、性格や趣味《しゅみ》嗜好《しこう》が変わる事があるって聞いた気がするけど、もしかして……？」

そんな予想が、あちこちから挙がっているが……話は、もっと単純で。

「——いや。その時最後に見たのが、美月の魚柄《さかながら》パンツだったからだと」

「「「「なんでだよッ!?」」」」

今度は美月たち3人も含《ふく》めた、全員ツッコミがきました。

——未だハッキリと覚えている。

空の蒼。白い雪。

白い布地に泳ぐ魚の柄。

……俺が伸ばそうとした手は何処に向けていたのか、たまに少し不安になる。

「……いや、なんでだと言われても。——命の危険が迫《せま》った状態で、最後に目に入ったモノだったからじゃないか、と？」

……と、そんな話をしたら、クラスの反応が半分に割れた。

片方は、主に男子陣《じん》の『仕方のないヤツめ』的な、共感混じりの苦笑い。

そして、もう片方。女子陣は。

「悠也くん、わりと最低……」

雪菜を含む女子の多くから、呆《あき》れ８割・軽蔑《けいべつ》２割くらいの冷たい視線。

「……下着マニアにならなかっただけマシだと、そう思ってください」

そんな一応の弁解だけして——少し美月に視線を送ると。

「……あはは」

その苦笑いは……どちらかというと、当時を懐《なつ》かしむ様な表情。

――うん。気付かれてるな、やっぱり。

その時の光景を、今もハッキリと覚えている理由。

実は他にもあるんだけど……これは美月以外に言う気は無い。

だから今は……『死の淵《ふち》でパンツ画像を脳裏に焼き付けた男』という汚名《おめい》、甘《あま》んじて受けるとしよう。

…………いや待て。やっぱそれ、あまりにヒド過ぎないか⁉

◆　◆

――放課後。美月と雪菜は風紀委員の方に行っていて、生徒会室には俺と大河だけ。

そんな俺たちは、今の内に本来の生徒会の仕事を片付けようと、ひたすら書類仕事やらPCへの入力やらをやっていて――

「――悠也。仕事とは全く関係ない、ただの雑談なのですが――」

「……なんだ？」

各部活動の経費を入力していた大河が、不意に話しかけてきた。

……こういう時は、大抵《たいてい》ロクでもない話なんだが――一応、聞く。

「実は私、いつかボディビルの大会に出たいと思っています」

「……全くもって意外に思わないが、それがどうした？」

大河は己《おのれ》の筋肉に深い拘《こだわ》りがあり、それを見せたい欲求がある事も知っている。

だから『出たいなら出れば？』としか思わず、仕事の手を止めずに応対。

「ボディビルの大会だと、ユニークかつ熱い掛《か》け声《ごえ》が付き物じゃないですか？」

「……そうみたいだな。バラエティ番組で見た事がある」

そのテレビ番組では――出場者の筋肉を讃《たた》えると同時に、どう聞いても笑いを取りにきているとしか思えない掛け声が、話題になっていた。

――『腹斜筋《ふくしゃきん》で大根すりおろしたい！』とか『マッチョの豊洲《とよす》市場！』とか言われて、よく笑わないでいられるなと思ったけど。

それがどうしたんだろうと思っていると、大河は思案顔で。

「『お前の腹筋で表計算したい』と言われたいのですが、どうすればいいでしょう？」

「知らねーよ」

……エクセル使っていて思いついたか。

「確実性を求めるなら、知人に頼むしか無いんじゃないか？」

「なるほど――悠也、お願いできますか？」

「……出来れば勘弁《かんべん》してください」

人の趣味をどうこう言う気はないけど――正直に言うと、ああいう系は苦手。

「そうですか……残念です」

「――いや、トレーニング仲間とかに頼めばいいだろ？」

「ふむ、そうですね。では師匠《ししょう》に頼んでみます」

……『師匠』って誰《だれ》だろう？

そんな存在は初耳で――言われてみれば、大河が休日に何やってるか、あんまり知らないんだよな……。

「ただいまー。戻《もど》ったよー」

「佐山《さやま》さんたち、連れてきたよ」

考え事をしている間に、美月と雪菜が戻ってきた。

そして、その2人の背後に続く1組の男女。

「──昨日は、お世話になりました」

「こんにちは、鳥羽会長。──僕《ぼく》の方は昨日、挨拶もせずにすみませんでした。そして……お世話になりました」

風紀委員長の佐山 美奈《みな》さんと、そのお相手の、風紀委員1年の三井《みつい》 俊《しゅん》くん。

おそらく照れ隠《かく》しだと思うけど──少し不機嫌《ふきげん》な表情で礼を言う委員長と、昨日の非礼を詫《わ》び、礼儀《れいぎ》正《ただ》しく一礼する三井少年。

……これだけ見ると、とても重度のドMとドSのカップルだとは思えない。

「いや。俺たちこそ、昨日は放置して帰った形になったから気になっていたんだ。その様子だと……上手くいった、という事でいいんだよな？」

「──はい。彼《かれ》と分かり合う事ができました。……皆さんのお陰《かげ》です。ありがとうございました」

「ありがとうございましたっ」

委員長に続き、三井くんも感謝を告げてくる。

……色々と頭の痛い一件だったけど、こう幸せそうに言われると——上手くいって良かったと、心から思える。

「いや、主に動いたのは雪菜で、俺は大した事はしていない。——まぁ、せっかく上手くいったんだから、これからも仲良くな」

そう言うと、２人は少し頬を染めて、幸せそうな顔で。

「「はいっ。こんなに趣味が合致《がっち》する相手が見つかるなんて、奇跡《きせき》ですから！」」

「「「…………」」」

……こう幸せそうに言われると——本当に良かったのかと、心から不安に思う。

「……人に迷惑《めいわく》かけないなら、他人の趣味をとやかく言う気は無いが——委員の仕事は、今まで通りにちゃんとやってくれよ……？」

言うべき事だけ言い、後は自己責任という事にして、とっとと話を切り上げよう。

あまり深入りしたくないが故の言葉に対し、風紀委員２人は自信満々に。

「「大丈夫です。仕事は仕事でキモチイイですから！」」

「「「……そっスか」」」

　すごく幸せそうに返ってきた言葉に、俺たちは揃って投げやりな言葉で応《こた》えた。

　ドMの委員長は取締《とりし》まり活動で悦《よろこ》んでるみたいだし、ドSはドSの楽しみ方もあるのだろう。……知りたくないから訊かないが。


「――あ、そうです。早速《さっそく》ですが風紀委員として活動しようかと。……生徒会長、貴方《あなた》に関する噂《うわさ》が広まり始めている様で。その報告と、一応の確認《かくにん》をさせてください」

　先ほどまでの恍惚《こうこつ》の表情から一瞬で切り替《か》え、真面目《まじめ》な顔で言ってくる委員長。

　その落差と……そしてその話の内容に、思わず動揺《どうよう》する心を抑《おさ》え、冷静に応じる。

「俺に関する噂？　どんな話なんだ？」

　そう返すと委員長は、なぜかチラリと美月の方を見て、気まずそうな顔をしてから。

「『幼い頃《ころ》からパンチラ画像を集めている』という噂ですが……心当たりは？」

◆

◆

悠也たちのクラスの教室で、残って雑談している生徒たちの姿が。

「……ヤバイよヤバイよぉ……ッ！」

その中の、誰が見ても慌てている1人の少年――名を『安室《あむろ》 直継《なおつぐ》』。

その周囲の生徒たちは、彼に同情、または心配するような視線を向けていて。

その内の1人が、なんとか空気を変えようと、無理やり笑顔を作り――

「――で、『出川《でがわ》』のマネ?」

「ちっがぁぁぁぁうッ！　例の噂の件だよッ!!　なんであんなに広がってんだよ!?」

何《なに》を隠そう、『例の噂』の発生源となったのが、この安室少年。

その場のノリで他クラスの生徒に『鳥羽は小学生の頃から、パンツ画像に興味津々《きょうみしんしん》だった様だ』と話してしまい。

それが瞬《また》く間《ま》に広まり、今では『幼い頃からパンチラ画像収集家』という話になって、他学年にまで届いている。

「……広まってるらしいな、オマケに尾鰭《おひれ》も付いて。ま、まぁ大丈夫じゃねぇか?」

「う、うんうん！　発生源なんて分からないし、分かっても冗談《じょうだん》で通るって!!」

一応、安室少年に悪意は無かった事を知っている面々が、慰《なぐさ》めの言葉を掛ける。

「……バレなかったらバレなかったで、今度は罪悪感が――ん？」

そんな話をしていたところ。教室の扉《とびら》がノックされて――

入って来たのは風紀委員長の佐山 美奈と、その後ろに同じく風紀委員の1年生であり、佐山委員長の交際相手と噂の三井 俊。彼女《かのじょ》たちは教室の中を見回し……。

「――あ。……本当に居ました。あなたが安室先輩《せんぱい》ですね？」

「……風紀委員？　な、何か？」

安室を探していた様子にも関わらず、見つけて一瞬驚《いっしゅんおどろ》いた様な顔をした三井少年。

それで激烈《げきれつ》にイヤな予感を覚えながら訊き返すと……今度は佐山委員長が、同情したような眼を向けて、諭《さと》すように話し出した。

「私たちは『向かうのを確認しに来た』だけです。すぐに用件は分かると思いますが……彼らから、というか彼女から、逃げられるとは思わない方が無難かと」

「「「「…………」」」」

聞いていた全員が、汗《あせ》ジト流して沈黙《ちんもく》。

安室少年にいたっては、顔色が真っ青になってガクガクぶるぶる。

「い、いや、まだ何の件かは分からないし――」

皆が必死に精神の均衡《きんこう》を保とうとしている所へ――教室に居た生徒全員のスマホが、一《いっ》斉《せい》にメールの着信を告げた。

「「「「…………」」」」

安室少年、更《さら》にガクガクぶるぶる。他の皆さんは『……俺たちも？』といった顔で。

全員が戦慄《せんりつ》しながらメールを見ると。

件名：安室君へ　噂の件
本文：生徒会室に、来てくれるよね？　Ｂｙ　生徒会一同

件名：教室に居る面々へ
本文：後で事情を訊くかもしれないんで、協力ヨロシク。　Ｂｙ　生徒会一同

「ぎゃあああああああああああッ!?」

少年、命を燃やすような全力ダッシュ。おそらく生徒会室に向かったと思われる。

教室に残った面々はというと。

「……なんで、俺《おれ》たちがココに居るって分かったんだろ？」

「場所も人数も、完全に把握《はあく》してるよね……？」

やや顔を青くして周囲を見回す一同に、安室が生徒会室の方へ疾走《しっそう》して行くのを見送った佐山委員長が。

「……あの方々は――とりあえず最低でも、校内の防犯カメラは見れるようですよ？　――正規の方法か否《いな》かは知りませんが」

「「「「…………」」」」

「あと――あなた方のメールアドレスも、なぜか普通に知っていました。ブ厚いファイルを開いて、簡単に調べていましたね……」

今の時代、機密事項《じこう》は紙で保存しておいた方が逆に安全という豆知識。

『ブ厚いファイル』という事は――下手すると全校生徒、更に教員までの個人情報を所持している可能性も……？

「…………あいつらを敵に回すの、絶対にやめておこう」

「それが賢明《けんめい》だと思います」

◆　　◆

「どうもすみませんでしたぁぁあああぁッ!!」

駆け込んでくるなりジャンピング土下座を決めた、クラスメイトの安室 直継。

困った時の雪菜だより。早々に発信源を突《つ》き止《と》め、直で脅《おど》しを掛《か》けた結果がコレ。

原因が全面降伏《こうふく》している以上、少し協力してもらえば、噂を沈静化《ちんせいか》させる事は出来るだろう。……少なくとも、雪菜なら造作もなく情報操作できると思う。

「あー……謝《あやま》ってくれるなら、もういいよ。元からあんまり怒《おこ》ってはいないんだが――放っておけない理由もあるんだ」

俺がそう言って視線を送った先は、少し困った顔の雪菜。

「『盗撮《とうさつ》』は犯罪だから。その画像を好んでいるっていう噂は、真偽《しんぎ》関係なく将来的に悠也くんが経営者になったとき、ダメージになる可能性があるんだよ」

と、そんなわけで。不安の種は小さくても早々に潰そう、という事になった次第《しだい》。

これが『幼い頃からパンツに興味津々』くらいなら、ここまでの対応はしなかった。

……代わりに、部屋の隅《すみ》っこで膝《ひざ》抱《かか》えて泣いてたかもしれないけど。

「ああ、そういう理由か……。昼にも思ったけど、御曹司も大変だな……」

「立場に見合ったリスクがあるってだけだよ。――とまぁそんな理由で、後で噂を消すために手伝ってもらうかもしれないけど、いいか？」

「分かった。俺が原因だし、それはいいんだが――ところで、さっきはなんで風紀委員長まで出てきたんだ？　メールだけで十分だったろ」

「ん？　ああ、その事か。――噂が広まっているって教えてくれたの、委員長たちなんだよ。それで『こっちで対処する』って言ったら、『見届ける』って」

後は一応、逃げられる可能性もあったから、というのもあったが……まぁ安室の性格を考えれば、まず大丈夫《だいじょうぶ》だろうとは思っていた。

「……あの噂、風紀委員が調査に来るレベルで広まって……？」

「え？　ああ、違《ちが》うよ安室くん。佐山さんたちは個人的な用事で来ていて、そのついでに教えてくれたんだ。――雪菜、まだそこまでは広まってないよね？」

美月が、安室の誤解を訂正《ていせい》。その確認のために雪菜に訊くと、雪菜は少しPCを操作して、何かを確認してから。

「――そこそこ広まってはいるみたいだけど……ほぼネタ扱いだから、今はそんな深刻でもないね。通常なら佐山さんたちが来るの、明後日くらいだったんじゃないかな?」

「……何をどう調べて情報集めてるのかは知りたくないが――まぁ、少し安心したよ。だけど、個人的な用事で委員長と三井が? ……恋愛《れんあい》相談でも?」

――ほぼ正解。……こいつ、こんなに鋭《するど》かったっけ?

安室の所へ行った委員長と三井くんが、個人的な用事で来ていた――という情報を与えてしまった以上、確かにその考えに至ってもおかしくない、か。

「……その様なモノ、とだけ言っておく。内容は絶対に教えないが」

「さすがに教えてもらえるとも思っていないさ。――だけど、恋愛相談か……」

そう言って、何かを考えこむ安室。

その様子を見て、俺たちは顔を見合わせ――代表して、美月が口を開いた。

「えっと……もしかして安室くんも、その手の悩《なや》みがあるの?」

その質問に、更に深く悩む様な仕草をみせ――

「ん、んー、『恋愛相談』とは微妙《びみょう》に違うかもしれないが……まぁ、そんな感じ?」

……なにやら、色々と複雑な悩みの様子。

おそらく異性関係だが、まだ恋愛未満、といったところだろうか?

――と。少し思い付き、美月に視線を送り……その後、チラリと安室に視線を。

「……（こくり）」

俺の視線に気付いた美月が、少し考え――頷きを返してきた。

先ほどの視線の意味は――『コイツの悩み、もしかしたら俺たちの参考になるかも？』

俺たちと同じ悩みとは思わないが、『恋愛感情がハッキリしない異性関係の悩み』となると、俺たちが参考に出来る事もあるかもしれない。

それならばと、大河と雪菜にも視線を送ると、やや苦笑い気味に頷いてくれたので。

「安室、俺たちに話してみないか？　その様子だと少し複雑そうだし――こう言っちゃなんだが、そこまで親しくはない俺たちの方が話しやすい事も、あるんじゃないか？」

少々微妙な内容が入った悩みだと、むしろ親しい間柄《あいだがら》の者には話しにくい、という事が多々ある。

そういう場合は『親しいという程では無いが、信用は出来る知人』くらいの関係の者だと話しやすかったりするのだが、今の俺たちは正にその立ち位置だと思う。

「……うん、じゃあ、頼《たの》むわ。思った事を聞かせてくれるだけでもいいから」

そう言った安室は、なおも少し躊躇《ためら》う様に言い淀《よど》んでから――その悩みを口にした。

「実は、歳《とし》の離れた女性に言い寄られていて……どうすればいいかな、と」

……ふむ。少し予想外の内容。

歳が離れているという事は……おそらく相手は学外の人間か。

――いや、教師の可能性もあるか。それなら雪菜がマークしているかも？

そう思って雪菜を見ると――首を横に振《ふ》った。

雪菜も把握していないという事は、やはり学外か。

「……安室氏。歳が離れているとの事ですが、何歳離《なんさいはな》れているのですか？」

「えーっと……6つ、だな」

――6歳？　俺たちは16か17歳。だから相手は22か23……問題無くないか？

肉食的な意味でガツガツ来られているなら問題だが、そういう危機感をおぼえている様には見えない。ちらりと様子を窺《うかが》うと、美月も同じ疑問を持ったらしく。

「んー……安室くん？　そのお相手の事は好きじゃないから困ってる、っていう話？」

「い、いや……好きか嫌《きら》いかなら好きなんだけど、だから困ってるというか……」

何が問題なんだろうか？　だって6歳差……と考えた所で『もしかして』と。

「──安室。相手の年齢《ねんれい》は何歳《なんさい》だ？　22か23じゃないのか？」

そう言うと、美月と大河、雪菜が『あっ』と声を上げて、安室に注目。

対する安室は、ばつが悪そうに躊躇ってから、やっと観念して口を開き。

「──近所の子で、小5。……先月11歳になったばかりです」

「「「通報します」」」

「通報やめて⁉」

揃ってスマホを取り出した俺たちを、悲鳴の様な声で止める安室。

「いや、だってお前。なんぼなんでも小学生は無いだろ……」

「だから困ってるんだろ⁉　妹みたいな子なんだよ‼」

「「「………」」」

半ばキレ気味に弁解する安室に対し、俺たちは顔を見合わせ視線で会話。

『どうする？』『どうしよっか？』『聞くだけ聞いてみませんか？』

そんな遣《や》り取《と》りを経《へ》て、再び向き直り。

「とりあえず、聞こう」

「……どうも。――さっき言ったけど、相手はウチの近所に住む小学5年の子で――」

釈然《しゃくぜん》としない様子ながら、安室が話した内容をまとめると。

相手の子の名前は『笹崎《ささざき》 美羽《みう》』ちゃん。

隣家《りんか》のお子さんで親同士の仲が良く、たまに相手の親が留守にするとき面倒《めんどう》をみたりと、小さくて可愛《かわい》い妹の様な存在との事。

そんな子から最近になって露骨《ろこつ》なアタックが始まり、ついには色仕《いろじ》掛《か》けっぽい事も始めてきたので、色々な意味での危機感を覚えている、という話だった。

「――色仕掛けって……さすがに勘違《かんちが》いじゃないのか？」

「勘違いなら勘違いでいいんだよ。むしろ、その方がいい。ただ――薄着《うすぎ》で抱《だ》きついてきたり、そこから『見る……？』発言は、天然だとしても危険だろ？」

どうやら、本当に相手の子を大切に想《おも》っているらしい。

そして、その行動は確かに……色仕掛け目的なら文句無しでマズイし、無自覚でやっているなら、それはそれで危ない。

これは安室よりもむしろ、その女の子の方が心配な気がする。

さて、どうするか——と考えていると、なんだか美月も妙《みょう》に真剣《しんけん》に考え込んでいて。

「どうした美月？　何か疑問が？」

「——え？　あ、うん。ちょっと素朴《そぼく》な疑問が浮かんだだけなんだけど……」

そう言って、少し言葉を濁《にご》した後。

「ロリコンの基準って、どこなんだろうなって」

「なんで⁉　なんで今その疑問を持った⁉」

美月の発した素朴な疑問に、安室『容疑者』が激しく反応。

「……安室。その疑問の答えを聞きたいか？」

「鳥羽もマジメな顔で返すのやめてくれない⁉」

マジメ成分多めで返したら、反応が更に激化してしまった。

——まぁ、真面目６：冗談４くらいの割合だったけど。

「ま、まぁまぁ、悠也くんも安室くんも落ち着いて……」

「安室氏も、安心してください。悠也も半分くらいは冗談で言ってますから」

「……そ、それなら良いんだが——」

雪菜と大河のフォローが入り、安室はなんとか鎮静化《ちんせいか》。それを確認した上で、大河が。

「それで、ロリコンの基準の事ですが――」

「結局その話はするんかぁぁぁぁあいッ!!」

安室氏、なかなかキレの良いツッコミを披露《ひろう》。

コメディアンを目指せば、もしかしたら大成するかもしれない。

「……大河くん、せっかく落ち着いた所に油を注がなくても……」

「ですが雪菜。せっかく話題に出たのですから、意見交換《こうかん》してみるのも悪くないのでは？

美月さんも気になっているでしょうし」

「まぁ……うん、気になっているといえば、気になっているかな？」

そんな会話をしている3人を横目に安室を見ると――もう半ば諦《あきら》めている様な表情だったので、とっとと話を進めて終わらせた方が良いと判断。

「――で？　大河、お前が考えるロリコンの基準ってのは？」

そう訊《き》くと、大河は至って真面目な表情で。

「はい。――とりあえず背丈《せたけ》と胸部装甲《そうこう》の有無《うむ》でよいのでは？」

やや〈ドヤ〉気味の表情で発せられた言葉。

「「「……………ほう？」」」

大河以外の4人が、同音の言葉を発したが——どうやら意味は違う様子。

安室は、興味あり気な声で。

俺と美月は——『あーあ、地雷《じらい》踏《ふ》み抜《ぬ》いちゃったー』と……。

そして、残る1人は——

「実年齢《じつねんれい》など赤の他人は知らないため、あてになりません。童顔か否かも判断要素ではありますが、化粧《けしょう》でどうとでもなります。故に、誤魔化《ごまか》すのが困難な背丈と胸部装こ——」

己に迫る危機に気付かず、熱弁を振るう大河。……そろそろ教えてあげよう。

「……大河、隣《となり》の子を見てみ？」

「はい？」

俺の声で我に返った大河が、隣——雪菜の方を向くと。

「…………大河くん♪」

瞳《ひとみ》に暗黒を宿した雪菜が、口元だけの笑顔《えがお》を見せていた。……己の胸部に手を当てて。

それを見て失言に気付いた大河は、少し慌てた様子で言葉を探し——そして。

「……わ、私は無い方が好みです！」

「無くはないもんッ!!」

……どうやら微《かす》かな（いろんな意味で）プライドが傷ついたらしく。反論した後、分かりやすく顔を背《そむ》ける雪菜。

「で、安室くんよ。お前はお前で、なぜ大河に同志を見る視線を向けている？」

「…………いや。気のセイだと思イマス」

なぜか視線を逸《そ》らし、カタコトで返してきた安室氏。


ちなみに。雪菜は『そういう感じ』と察していただけたと思うが、美月はというと――

『巨』という程《ほど》ではないと思うが、大きめな方だと思ってる。

……この前、カップが上がったとか言ってたし。

そんな事を考えていると……昨日の話のせいもあってか、つい美月の方を――

「……あ、あはは」

ソレに気付いた美月は――少し頬を赤くして苦笑いを浮《う》かべた。

……全員が妙な雰囲気《ふんいき》になってしまったため、話を戻してみよう。

「――こほん。で、安室よ。その女の子の件だけど……はっきり言って、お前に何か言ってもどうにもならないと思う。だから、俺たちが会ってみようか？」

「っ！　なんとかしてくれるのか⁉」

分かりやすく咳払《せきばら》いしてから話を振ると、即座《そくざ》に食《く》らいついてきた安室。

――実は安室、俺たちが思っている以上に切羽詰《せっぱつ》まっていたのでは……？

「まぁ、お前より相手の子が心配だからな。……話を聞いちゃった以上、これで何かあったら寝覚《ねざ》め悪いし」

言いながら幼馴染《おさななじみ》たち３人を見ると――揃《そろ》って『仕方ないなぁ』とでも言いたげな視線を向けてきていた。

「あ、ありがとう！　恩に着る……‼」

と、俺たちに礼を言う安室だが――なんとなく、素直《すなお》に受けるのも面白《おもしろ》くない、等と思ってしまった。それで、どうするかと少し考えた後――

「じゃ、そういう事で――条例違反《いはん》で安室を通報する前に、とりあえず相手の子に会ってみる方向で、話を進めていいかな？」

「通報⁉　ちょ、何を言って――」

俺の発言に動揺する安室。そしてこちら側の3人は――またも困った人を見る目でこちらに苦笑いを向けた後、現実的な話を進める。

「――悠也くん。今日これからっていうのは微妙だから……今度の土曜日にしない？　安室くんにアポイント取ってもらってからの方が良いだろうし」

「そうだな。――安室、通報の話は置いておいて、とりあえず話をしてみたい。相手の予定を聞いておいてくれないか？」

「あ、ああ。話はしておくが……通報、置いておかずに撤去《てっきょ》してくれな――」

――ふむ、アポイントは取ってもらえそう、と。

「それでは後は、相手の子の話を聞いてからですね。こちらも予定を空けておきます。――雪菜も大丈夫ですか？」

「うん、予定は空いてる。――ついでに、話し合いに使える場所を探しておくよ」

「了解《りょうかい》、頼む。――というわけで安室。相手の予定が聞けたら、俺に連絡《れんらく》を頼む」

「……あ、ああ、分かった。それで通報の方は――」

「OK。じゃ、今日はここまで。お疲《つか》れさまでした」

「「「お疲れさまでした！」」」

そうして俺たちは帰り支度《じたく》を始め――結局、安室に最後まで言わせること無く生徒会室を出る事に成功。

……軽くイジメてしまった。自覚は無かったが——どうやら俺は、噂を流された事をそこそこ根に持っていたらしい。

——相手の子とのアポイントのメールが来たら、謝っておこう。

「お、お〜い！　通報やめてくれるんだよなぁああッ!?」

◆　◆

「それにしても相手、どんな子なんだろうね？」

帰宅後。美月が夕飯の支度をしながら、そう話しかけてきた。

——ちなみに、朝食と夕食は基本的に交替制。昨日は俺だったから、今日は美月。今朝の朝食は本来俺だったけど、美月が代わってくれたから、明日は朝・夕共に俺。前日の残り物がある場合などの派生ルールもあるけど、今は省略。

と、話を元に戻して——美月の言葉に、少し考えてから返す。

「あいつの話だけだと分からないが——まぁ、悪い子ではなさそうかな。あとは……その子が分かっていてやってるなら、まだマシなんだけどな……」

自分の行動の影響《えいきょう》を、どれだけ把握しているか。そして、その行動理由。それ次第で問題の深刻さが変わると思う。

「素直な子ならいいんだけどねー。……でさ？　安室くんのロリコン疑惑《ぎわく》、実際はどうだと思う？　それ次第で、危険度が少し変わると思うんだけど」

……確かに美月が言う通り。安室にロリコンの気が一切《いっさい》無いのなら、手を出してしまう危険は減る。だけど——

「——俺はあいつのロリコン疑惑、そこそこ本気でグレーゾーンだと思ってる。それも、やや濃《こ》いめの灰色で」

安室は『対象外』ではなく『好きか嫌いかなら、好き』と言っていたし、『小学生の色仕掛け』を、ちゃんと色仕掛けと認識《にんしき》して危機感を覚えている点も怪《あや》しい。

「それと、あの『ロリコンの基準』の話になるんだが——」

あの問題、どの観点で見るかで話が変わると思う。

傍目《はため》や世間体《せけんてい》などの観点からなら、大河の言う通り『一定以上に幼い外見』と判断された女の子を連れていればアウト。

身内が判断する場合には実年齢。そして実際の本質的な話としては――

「一番問題になるのは、相手の子に惹《ひ》かれる理由が『幼さ由来のモノ』かどうかって事だと思うんだよ。体格、容姿、世間知らずさから来る無垢《むく》さ、等もかな？」

「……そういえば安室くん、相手の子の事を『小さくて可愛い妹』とか言ってたっけ？　黒とは言わないけど――確かに微妙だよね」

そんな話をしながらも、美月の料理の手は止まっておらず。

次第に、肉を焼く良い音と匂《にお》いが漂《ただよ》ってきた。

今日の献立《こんだて》は――生姜《しょうが》焼き、きんぴらゴボウ、サラダ。あとエノキ茸《たけ》の味噌汁《みそしる》かな？

「――あ。ごめん悠也、お皿出してくれるー？　1枚出し忘れてたよー」

「あいよー。どれにする？」

「んー、ちょっと盛り付け手を抜くから、大きめの平皿を適当にー」

「んじゃ、取り皿も出しとくぞー。他に用意するものは？」

「あとは大丈夫。ありがとー」

そんな遣り取りの後、出来上がった夕食をテーブルに運び。

『いただきます』と声を揃え、食事が始まった。

「——で。悠也はロリコンの気は、大丈夫なの？」

食事しながら今後の予定を話していると、不意に美月が訊いてきた。

「あー……多分？　小さい子を可愛いと思ったり、妹や娘《むすめ》が欲《ほ》しいっていう願望はあるけど——恋愛とか下心とか、そっち方面の願望は無いかな」

少なくとも自覚は無いから、おそらく大丈夫だとは思う。

「うん、それなら良いんだけど——ところで悠也？」

「ん？　……どうした？」

何か疑惑でもあるのか——と思って美月を見ると、少し悪戯《いたずら》っぽい笑顔が待っていて。


「悠也も将来、子供は女の子が欲しいの？」


——ふむ。欲しいか否かなら、確実に欲しい。だけど……なぁ？

「欲しいとは思うけど、2人目以降に欲しい」

「ふむふむ。——して、その心は？」

どこか楽しそうな美月に、そこそこな確率でやってくる未来の危機を語る。

「──女の子なら絶対、性格も美月に似るに決まってるだろ。……そうなれば俺の家庭内ヒエラルキーが……ッ!!」

今の俺と美月の力関係は対等。だけどそこに、美月と同様の思考を持つ存在が加われば……パワーバランスは確実に崩《くず》される。

「ま、そうだよねぇ♪　将来的に子供2人は欲しいし──そんな状況《じょうきょう》で2人目が男の子だと、その子は更に大変そうだしね？」

「……2人目も女の子だったら、更に俺のランク下がりそうだしな」

そこに『弟』が生まれれば、確実にその子はヒエラルキー最下位の不遇《ふぐう》な立場に。

2人目も女の子の場合は、3対1の構図になり、地位挽回《ばんかい》は絶望的に。

……それはそれで楽しそうな気もするけれど──男親としての沽券《こけん》の問題。

「あははっ、希望通りになるといいねぇ♪」

「──ま、希望通りにならなくても、その時はその時だけどな。……ところで、なんで俺にロリコン疑惑を？　そう感じさせる事なんて無かったと思うが？」

単に『話のついでにネタとして』ってだけかもしれないが。

その割には何となく『前から訊こうと思っていた』っていう意図が感じられて。

「んー……別に、本当にロリコン疑ってたわけじゃないよ？　ただ──」

やはり、何か理由があった様子。何だろう──と、続きを待つと。

「……『例の件』の時は、私たちも小学生だったわけで。だから、可能性は皆無《かいむ》ではないのかなーって」

……気まずげに話された内容に、少し納得《なっとく》すると同時に、軽く脱力《だつりょく》。

「あのな？　いくらどっちも低年齢《ていねんれい》が相手だとしても──同い年にムラっとくるのと、今の歳で小学生狙《ねら》うのとじゃ、全然話が違うだろうよ？」

「あはは……いや、そうは思ったけどね？　私は違いを明確には説明できなかったから、話題に出してみただけだよぅ」

「あー、『疑惑』じゃなくて『疑問』だったわけか」

それを解消するためにネタとして話した、という事か。

「そ。だから、最初から疑っていたわけじゃないよー。……それはそうと、悠也？」

「？　まだ何かあるのか？」

今度はハッキリと、なぜか少し驚《おどろ》いた様な顔で、再び訊いてくる美月。

「──あの時、私にムラっときてたの？」

……やっべ。変な感じに口滑《すべ》らせてた。

「ただの、モノの喩《たと》えです」

「……ふーん？　ま、そういう事にしておきましょ♪」

正直、上手《うま》く誤魔化せたとは思えないが……今回はあっさりと引いてくれた美月。

……多分、また近い内に訊かれそうか。

とりあえず。今は引いてくれたのを幸いに、話を変えてやり過ごそう。


――『例の件』や『あの時』というのは、昼に話題に出た『冬山での件』の事で。

それは、俺があの件を明確に覚えている理由の1つ。

……『ムラっときた』は、さすがに言い過ぎだが……美月を明確に『異性』と意識したのは――確かに、その時が最初だった。


……と、そんな事を思い返していたせいで。

この後に行った『恋人《こいびと》っぽい事の練習』、初日と同じ『30秒見つめ合いチャレンジ』だったが……早々に真っ赤になり、それを美月に観察されるという恥辱《ちじょく》を味わうハメに。

――いや、本当に弱すぎるだろ俺……。

◆　◆

そして、土曜日。

今、俺と美月が居るのは、安室と例の女の子『笹崎 美羽』ちゃんの家の最寄《もよ》り駅。

現在12時40分。待ち合わせは13時のため、まだ相手は来ていない。

「ちょっと、早く来すぎたか？」

「んー、いいんじゃない？　多分、向こうも少し早く来るだろうし」

「それもそうか。聞いた感じ、結構しっかりした子っぽいからな……」

美羽ちゃんは10分前行動を当たり前と認識している、しっかりした子らしい。

これから年上として話をする以上、それより先に着いていた方が良いのは確か。

話によると、小学校での学業は優秀《ゆうしゅう》、運動はそこそこ。

真面目《まじめ》な性格ながらも明るく、機転も利《き》くのでクラスでは人気者。

少々頑固《がんこ》で思い込みが激しい傾向《けいこう》はあるが、先生方の評判も良し。

男子からの人気もあるが、常に適度な距離《きょり》を取っており、同性同士での『好きな人トーク』でも、誰《だれ》かの名前を挙げた事は無い、との事。

──何故《なにゆえ》にこんな詳《くわ》しく知ってるかって？　……雪菜が一晩でやってくれました。

「しかし──珍《めずら》しいな？　こういう時に、美月がパンツルックって」

今日の美月の格好は、ジーンズと白のブラウスというシンプルな服装。近場で買い物の際には珍しくないが、人と合うときには、意外と珍しい。

「ん？　うん。多分だけど、フェミニンな格好は避《さ》けた方が良いかなって」

「へ？　っと、メールだ。……大河から雪菜と連名で『応援《おうえん》してます』だってさ」

美月の言葉に首を傾《かし》げたタイミングで、大河からメールが入った。

今回、大河と雪菜は別行動。……というのも4人一緒《いっしょ》だと、どうしても幼い女の子を囲む形になってしまい、怖《こわ》がらせてしまうかもしれないから。

だから俺と美月に任せてもらい、対応に困ったときだけメッセージアプリで連絡を取る、という形にした。

「──あ。安室くんたち来たっぽいよー」

言われ、美月が見ている方を向くと。

私服の安室と――その腕《うで》にしがみつく様に抱きついている女の子が、こちらの方に歩いてきていた。

その子は年相応に小柄《こがら》で細身、背中まで伸《の》びた髪《かみ》の一部を小さな三つ編みにしていて、服装もフリルが付いたスカートにブラウスと、まさに『女の子！』といった感じ。

当人の『気弱だけど健気《けなげ》な子』といった容姿もあり――俺にすら『こんな妹が欲しかった』と思わせる、なかなか可愛い子だった。

「――悠也、まさか目覚めてないよね？」

……『可愛い』と思ったのを察知された様子。だが、やましい意味は無い。

「いや、ソレは大丈夫。――あんな妹や娘が欲しい、とは思ったけど」

「あー……うん、それは分かるよ。――未来に期待って事で」

「了解。――期待しよう」

「はーい。努力をするのも吝《やぶさ》かではないかもしれない、って所で、そろそろ声掛けよ？」

「そうだな。――おーい、安室！」

冗談《じょうだん》半分、本気半分の会話を交《か》わし、悪戯っぽく笑う美月に、俺も笑《え》みを返し。

まだこちらに気付いていない様子だった安室に呼びかけると。

「――お、早いな。待たせたか？」

「や、俺たちが呼んだんだから、少しくらい早く来て当然だろ。――で、その子が？」

そう言って女の子に視線を向けると――更《さら》に強く安室の腕にしがみつく少女。

「ああ。――ほら美羽、自己紹介《しょうかい》」

「…………ささざき、みう。……よろしくおねがいします」

安室の腕で半身を隠《かく》し、警戒心《けいかいしん》を丸出しで弱々しく自己紹介をする美羽ちゃん。

その、怯《おび》えたウサギを連想させる様子は、非常に保護欲を掻《か》き立て――ん？

――何か、おかしい……？

表情に浮かんでいるのは『警戒心』ではあるが……怯えているのとは違う気が？

そして美羽ちゃんが見ている先は、俺かと思ったら――後ろの美月？

「あはは……やっぱり、そういう子かぁ」

苦笑いしながら近づいてきて、少し迷った後、俺の肩《かた》に手を置く美月。

それを見て『あれ？』という顔をして、警戒《けいかい》を少し解いた様子の少女。

――あー……そういう事か。

×：怯えたウサギ
〇：所有権を主張して威嚇《いかく》する子ネコ
俺《おれ》たちの関係を知らない美羽ちゃんは、安室と親しい女性である（と思った）美月を警戒していた、という事だろう。

美月はその可能性を気にしていて。フェミニンな——女性らしさを前面に出す服を避けたのも、そのためか。

——気付いた以上、とっとと自己紹介して不安を取ってあげるか。

美月と頷《うなず》き合い、少し屈《かが》んで美羽ちゃんと視線を合わせ。

「えーっと、『美羽ちゃん』って呼んでいいかな？　俺は安室の同級生で、鳥羽 悠也」

「それで、私は伏見 美月。——こっちの悠也の幼馴染で、婚約者《こんやくしゃ》だよ」

俺と美月の——特に美月の自己紹介を聞いて、美羽ちゃんの顔が『え？』という表情をしてから、眩《まぶ》しいモノを見る様な……憧《あこが》れの存在を見る様な眼になり。

「え、えっと！　あらためまして、笹崎 美羽ですっ！　そ、それで、えっと……!!」

不安が無くなった美羽ちゃんは、改めて自己紹介。

それから緊張《きんちょう》した様子で美月を見て、何かを言おうとしている様子。

その様子が小動物チックで、俺と美月、安室も微笑《ほほえ》ましく見ていると。

「――『お姉さま』って呼んでいいですかッ⁉」

一気に憧れの対象にまでなった美月が、予想外の展開に頬を引きつらせた。

「……え、えっと、美羽ちゃん？　『お姉さま』は誤解を招く場合があるから、出来れば止《や》めてほしいかなー？」

「へ？　――わかりました。じゃあ……『美月おねーさん』でいいですか？」

「うんっ、それならいいよ」

素直に、子供らしい呼び方に変えた美羽ちゃん。

美月はそれを受け入れ、笑顔で頭を撫《な》でると、嬉《うれ》しそうに笑う少女。

それは仲の良い姉妹の様で、見ているととても微笑ましい。

「じゃあ……美月おねーさん。ちょっと訊いていいですか？」

「うん、何かな？」

無垢な表情で訊く美羽ちゃんに、笑顔で応《こた》える美月。微笑ましく見守る、俺と安室。

「――幼馴染を落とす方法、教えてくださいっ」

「「「…………」」」

全員の表情が、笑顔のままで凍《こお》り付いた。

……ターゲットの目の前で、堂々と『攻略法《こうりゃくほう》を教えろ』と訊く度胸。

「――安室。お前……その、中々に将来有望な子に、目を付けられたな？」

「……ありがとう、言葉を選んでくれて」

一途《いちず》でしっかりした良い子、なのだろう。

……だけど。一途でしっかりし過ぎているのが、怖い所なのだろう。

「え、えっと……そこら辺の話もするから――とりあえず、お昼食べに行こ？」

なんとか再起動した美月が言い。

そうして俺たちは、ようやく当初の目的のファミレスへ移動する事になった。

……美羽ちゃんと出会って数分しか経ってないのに、早くも疲れた気がする。

◆　　◆

「――さて、まずは注文してからにしようか」

「そうだな。――しかし……」

予定していたファミレスに着くと、お昼時だが運良く待たずに入れた俺たち。

案内された席でメニュー表を開きながら言うと、安室が意外そうな顔を向けてきていた。

「どうした安室？」

「あー、いや。お前らがファミレスに慣れてる感じなのが、少し意外だなと」

安室が言いながら、視線を俺の隣の席に送った。そこには——楽しそうにスイーツのページを見ている美月。

……なるほど。その真っ先に後ろのページを開く所業は、確かに慣れている証拠《しょうこ》か。

「いや、ほら。自炊《じすい》が出来ない時とか、たまに来るんだよ。お高い店は堅《かた》っ苦しいし、日常的に2人だけで通うのは、さすがにな……」

「私も気軽に入れる店の方が良いかなー。お金の問題もあるけど、私も悠也もそんなに高級志向じゃないし。——ね？　玉子料理、特にオムライスが一番好きな悠也♪」

「……いや、オムライスが一番になるの、美月が作った場合だけだし。そういう美月こそ、一番好きなのはビーフシチューだろうに」

「私も一番になるの、悠也のビーフシチューだけだよー」

「——と、まぁこんな感じで、お互《たが》いの好物が自炊の産物なんで、あんまり高級店には興味が無い——って、あれ？　どうした？」

こちらの会話が一段落ついたので、改めて安室の方を向き、先の疑問の答えを口にしたところ――安室は何故《なぜ》か疲れきった眼で。

「俺はいいんだ、もう慣れてるし。……いい加減にしろと少しは思うが。だけど――こっちに説明ヨロシク」

そう言いながら、横に向けられた指の先。

そこには――『夢見る乙女《おとめ》』、そんな表現がぴったりくる表情の少女が、そのキラッキラに輝《かがや》く瞳を、俺と美月に向けていて。

「お、おにーさんとおねーさんは、どんな関係なんですか⁉ どうやってそういう関係になれたんですか⁉ 過去と現在と今後の展望を是非《ぜひ》とも教えてください……ッ‼」

「ち、ちょっと落ち着こうっ⁉ ねっ！」

――この子、大人しそうな見た目に反して相当に押《お》しが強い……ッ！

『無垢《むく》な瞳でゴリ押す』という凶悪《きょうあく》な攻撃《こうげき》に怯《ひる》み、救いを求めて安室に視線を送ると――

彼《かれ》は菩薩《ぼさつ》の様な表情で、しかしその眼の焦点《しょうてん》は、遥《はる》か彼方《かなた》に結ばれていた。

……なんとなく、察した。安室が普段《ふだん》、どういう『攻撃』に晒《さら》されているのか。

そして――この子が予想よりも数段ヤバイ逸材《いつざい》だという事も。

美月も同じく引き気味だが——とりあえず話を動かそうと思ったらしく、口を開き。

「あ、あはは……。えーっと。そこら辺も聞きたいなら、後で話すけど……とりあえず今は注文しよ？　ねっ」

「——へ？　あっ、ごめんなさいっ。つい焦《あせ》っちゃって……後で教えてくださいっ」

「……あはは。お手柔《てやわ》らかに、ね？」

本心から謝《あやま》りながらも最後まで己《おのれ》の要望を貫《つらぬ》くという、中々な高等技術を見せた美羽ちゃんに、頬を引き攣《つ》らせながらも何とか落ち着かせた美月。

——ならば俺も、こちらの思惑《おもわく》を進めるかな、っと。

ちらりと安室の方を見ると——暴走に巻き込まれない様にそっぽを向いていながらも、なんだかんだで美羽ちゃんを気に掛《か》けている様子の安室。

……これなら大丈夫《だいじょうぶ》そうだと判断。

「じゃ、とりあえず注文しようか。——っと、そうだ美羽ちゃん。ここは俺が払《はら》うから、好きなの頼《たの》んでいいよ？」

「——え、いいんですか？　おかあさんからお昼代はもらっていますし、わたしのお小遣《こづか》いもあるんですが……」

「へ？　いいの悠也？　私も出すつもりだったんだけど——」

「まぁ、今は財布《さいふ》に余裕《よゆう》があるし。それに――な？」

言いながら『ちらり』と安室、美羽ちゃんの順に視線を動かす。

「――ああ、そういう事。じゃあ遠慮《えんりょ》なく、ご馳走《ちそう》になるね♪」

と、こちらの意図を理解してくれたらしい美月。その一方で――

「――鳥羽。俺と美羽の分は俺が出すから」

「はいよー」

「おにーちゃん!?」

俺と安室がさらっと交わした遣《や》り取《と》りに、美羽ちゃんが驚いた声を出した。

「あはは。美羽ちゃん、男の人には見栄《みえ》っていうのがあるから――こういう時は、諦めて奢《おご》られた方がいいよ？」

「そうそう。――あ、ちなみに遠慮なんかしたら安室が勝手にいろいろ追加して……致命《ちめい》的《てき》なカロリー量になる可能性もあるから、気を付けた方がいいよ？」

俺たちに言われた美羽ちゃんは、くすっと笑いながらも、まだ少し躊躇《ためら》い気味に安室を見上げると。

「あー……まぁ、そんな感じだ。――遠慮なんかするな」

「うんっ！　ありがと、おにーちゃん♪」

苦笑いしながら安室が言うと、美羽ちゃんは嬉しそうな笑みでお礼を言った。

大体ここまで思惑通りで、いくつか意図があって『俺が払う』と言ったんだけど……思いがけずこういう笑顔が見れたなら、やって良かったと思った。

◇　◇

「……さて。それじゃそろそろ、本題に入ろうか。いいかな？」

「そうだねー」「……ああ」「はいっ」

注文を終え、全員にドリンクバーの飲み物を持って来た所で、話を進める事にした。

俺の言葉に美月はマイペースに、安室と美羽ちゃんは、気を引き締《し》める様な反応。

「じゃあ――美羽ちゃんを呼んだ理由だけど。安室と話をしていたら、軽く相談されたっていうのが理由。相談内容は要約すると――『かなり年下の子から、激しいアプローチを受けている。どうすべきか』っていう感じかな」

「――だから私たちは、まず相手の子に話を聞いてみようって思って来たんだよー」

簡単な状況を話し、相談者側2人の反応を見る。

安室は、少し気まずそうな顔をしていて。

一方で美羽ちゃんは――こちらを見る目に動揺《どうよう》は見られなかった。

……この子、自分の行動がどう見られるか、分かった上でやっているな。

美羽ちゃんに対する評価を更に1段上げていると――当人が口を開いた。

「……おにーさんも、おねーさんも。諦めろって言うんですか？」

幼いながら、確かな覚悟《かくご》を込めた言葉に、俺と美月はハッキリと返す。


「「いや、それは全く」」


「……へ？」

なぜか安室まで、間抜《まぬ》けな声を出したが。

俺たちは美羽ちゃんに『諦めろ』等と言う気は無かったし、言ったところで受け入れられるとも思っていない。

「安室が小学生を口説くって言うなら全力で止めるか通報たけど……美羽ちゃんからなら『ヤメロ』までは言わないかな。――推奨《すいしょう》もしないけど」

「私たちが話したいのは……どういう意図か訊きたいのと、その手段の話だねー」

美月が安心させる様な口調で言うと――やはり気を張っていたのか、安心したような息を吐《は》いて、少し肩の力を抜く美羽ちゃん。

「じゃあ、話を聞きたいんだ。——最近になって、急にアプローチが激しくなったって聞いているけど……なんでかな？」

「あ、えっと……きっかけは先月の連休に、おにーちゃんの家に行ったときです」

その回答に、安室は記憶《きおく》を辿《たど》っているらしく……少し思案した後。

「——確かに美羽が来ていた日があったけど……特に何かあった記憶は無いんだが？」

「うんっ。おにーちゃん、最初は出かけてて。おばさんに『部屋で待ってて』って言われて、待ってたの。そしたら偶然《ぐうぜん》、本棚《ほんだな》の裏に落ちてる本を見つけて——」

——おっと？　少々危険な可能性があるワードが出てきたぞ？

具体的には『ベッドの下のお宝』と同等の危険ワード。

……その可能性がアタリか否《いな》かは、表情を凍らせている安室を見れば、一目瞭然《いちもくりょうぜん》。

「——はっ!?　ちょっ！　美羽ストップ——」

我に返った安室が慌《あわ》てて止めようとしたが——もう遅《おそ》く。

「──その本が、わたしくらいの子が出てくるエッチなマンガだったから──今のわたしでもイケるかなって思ったんですっ♪」

「「…………」」

俺と美月、安室にジト目。安室は──顔真っ青で汗《あせ》ダクダク。

「被告人《ひこくにん》、安室 直継。何か言う事は？」

「………ちょっと死んできてイイ？」

「許しません」

──この状況で逃《に》がしません。物理的にも、精神的にも、生命的にも。

「で？　弁解なら一応は聞いておくが？」

「……二次元方面では、確かにロリ系大好きです。だけど──一応、リアルの方では純粋《じゅんすい》に『可愛《かわい》い』と思う事はあっても、下心を抱《いだ》いた事も欲求もありません……」

──ふむ。自称《じしょう》『二次元専門ロリコン』か。

その言葉の真偽《しんぎ》も是非も、今は置いておいて──今重要なのは、美羽ちゃんの激しいアタックの理由が判明した事。それがコレならば──

「悪いけど、そういう事なら『止めておけ』って言わせてもらうよ」

「え……？」

俺に言われ、裏切られた様な顔をする美羽ちゃん。

そこに美月が、言い聞かせる様な口調で続ける。

「——あのね？　美羽ちゃんは、安室くんが小さい子が好きだから、今の内に急いで勝負を決めようとしているんだよね……？」

「はい。とても有効だと思うんですが……」

……あっさり肯定《こうてい》する美羽ちゃんに、改めて戦慄《せんりつ》を覚えるが——美月に任せよう。

「うん、お付き合いを始めるためだけなら、有効だと思う。だけど、それでいいの？」

「……え？」

「小さい子が好きな人と、自分は小さいからって言って、お付き合い始めて——それだけで満足？　その後は……？」

「あ……」

俺たちが何を言いたいのか、気付いた様子の美羽ちゃんに、今度は俺が続ける。

「——あのさ？　美羽ちゃんの目標や夢って、何だい？」

「……おにいちゃんの、お嫁《よめ》さんになるのが、夢です」

「美羽ちゃんが武器にする『幼さ』、そう何年も使えないよね。それを頼《たよ》りに安室を落として──使えなくなったら？　そして安室が、それだけを好きだったら？」

「…………う」

涙目《なみだめ》になってきている美羽ちゃん。……正直、罪悪感やら良心の呵責《かしゃく》がひしひしと。

そんな俺に苦笑いを向けてから、再び美月が話を継《つ》いで。

「……あのね？　美羽ちゃんが悪いって、言ってるわけじゃないよ？　ただ、手段があんまり良くないよ、っていうお話。──分かるよね？」

「……はい」

頷いた美羽ちゃんに微笑んでみせた美月は、今度は真《ま》っ直ぐに見据《みす》えて。

「──夢を叶《かな》えて、終わりじゃないでしょ？　肝心《かんじん》なのは……夢の中で幸せに生き続ける事、だよね？」

「──はい」

応え、滲《にじ》んだ涙を拭《ぬぐ》い。しっかりと美月に視線を返す美羽ちゃん。

あとは適切な方向に誘導《ゆうどう》して──と考えていると、安室が声を掛けてきた。

「なんだか、俺のロリコンを前提に話してないッスか……？」

「今はそんな事を話している場合じゃないだろ」

「……すいません。――あ、コレこの前と同じヤツだ。何言ってもダメなヤツだ……」

死んだ眼で、どこか遠い所を見る安室。

――うん、ごめん。前回はからかったけど……今回は本当に優先順位の関係。

ロリコンを前提条件に動いていた美羽ちゃんに『前提条件が正しくても、良い手段じゃない』という方向で話を進めたかった。

だから『前提条件が違《ちが》うかも』っていう話は後にしているだけ。


その後、注文した料理が来て。それらを食べながら話を続ける。

「それで……おにーさん、おねーさん。わたしは、どうしたらいいでしょうか?」

相変わらず、安室の前で作戦会議をする事に躊躇《ちゆうちよ》は無い様子。

美月と苦笑いを交わしてから、美羽ちゃんに話しかける。

「――美羽ちゃんは、安室の事が好きなんだよな?」

「はいっ!　それは、諦《あきら》める気はありません」

その真っ直ぐな想《おも》いを乗せた言葉を、ある意味で羨《うらや》ましいと思いながら安室を見ると。

照れ臭《くさ》そうに顔を逸《そ》らしてはいるが――うん、悪い気はしていない様子。

「なら──今まで通りにして、美羽ちゃんが大きくなるのを待つのが最善かな。そうすれば……それを本気で言っている間、安室は他に彼女《かのじょ》を作るのが難しくなるから」

「そうなんですか……？」

「あー……なるほどねぇ。純粋かつ堂々と慕《した》ってくれている子が居れば、他の子を口説いたりし辛《づら》いよねー」

美月の言葉で、視線が安室に集まった。

その顔は少々苦い表情ではあるが──同時に、そこまで嫌《いや》そうでもなかった。

安室が美羽ちゃんを大切にしているのは、間違《まちが》い無い。

ロリコンか否かに拘《かか》わらず、こういう子が居るのに他の子に目を向けられる程《ほど》、器用ではないと思っている。

「無理に押し続けて逃げられるより、気になる子って位置をキープしながら、大きくなるのを待った方がいいと思う。後は──外堀《そとぼり》を埋《う》めておくくらいかな？」

と、最後は少し冗談めかして言ってみた。すると美羽ちゃんも笑って。

「──それはもう終わってます♪」

「「…………」」

またも笑顔《えがお》のまま表情が凍り付いた、俺と美月。そのまま安室の方を見ると。

「……ウチの両親、陥落《かんらく》済み。あと最近、美羽の親父《おやじ》さんの眼光が……」

安室くん、既に諦めの境地。……なるほど。美羽ちゃんが勝負を急いでしまった理由、状況的《じょうきょうてき》には既《すで》にリーチ掛けてあるから、っていうのもあったか。

この子は本当に……相当やべぇ逸材に違いないと、改めて認識《にんしき》。

「──悠也。コレ、ご両親にも話さないと危険なんじゃ……？」

「いや、美羽ちゃんが攻《せ》め手《て》を緩《ゆる》めるなら、とりあえずは大丈夫だと思うけど──安室、もし親関係で何かあったら言え。理事長経由で学校から注意してもらうから」

「──あ、ありがとう、鳥羽……!!」

……まるで救世主が現れたとでもいう様な、安室の反応。

いくら可愛い妹分でも。徐々《じょじょ》に追い込まれていく状況は、中々にキツかった様子。

その後。全員、食事の手が止まっていたため、改めて食事再開。

再び和《なご》やかな雰囲気《ふんいき》が戻《もど》ってきた所で──美月が美羽ちゃんに。

「そういえば……美羽ちゃん、何がきっかけで安室くんの事を？」

「――はい？　あ、えっと、一昨年の事、なんですけど……」

訊《き》かれ、少し恥《は》ずかしそうに――同時に、少し嬉しそうに話し出す美羽ちゃん。

一方の安室も、何か思い当たる事があるらしく……なぜか気まずげな顔に？

しかし、そんな安室には気付かず、話は続き。

「……屋根裏部屋に行こうって、急な階段を上ってるとき、足を滑らせてしまって。それを――おにいちゃんが、大ケガをしてまで助けてくれたんです」

「…………なるほど、ね。それは――うん、そうなっても、おかしくないね」

話を聞いた美月は……一瞬《いっしゅん》、表情を強《こわ》ばらせた後、柔《やわ》らかい笑みでそう応えた。

その時、俺のスマホが震《ふる》え――ん？　目の前の安室からメッセージ？

『さっきの伏見さんの反応……何かあるのか？』

『まぁ……似た様な話を知っていたから、だな。――そういうお前こそ、美羽ちゃんが話している時の反応は何だ？』

そう返した所で少し間が空き……向かいの安室も、少し迷っている様子を見せた後。

『実は、それを少し懺悔《ざんげ》したくて』

『何か話したそうだとは思っていたが……で、なんだ？』

『美羽が落ちた時、俺は階段の下に居たんだよ。そして――美羽はミニスカート』

……位置関係を想像し、何を懺悔したいのかに思い至り。

思わず実際に声に出しかけて……思いとどまり、返信。


『やっぱりロリコンじゃねぇか！』


『違うねん！　……直視できてなかったから反応が遅《おく》れて、その結果ケガを……』

ああ、なるほど――と、納得したところで、何かが引っかかった。

こんなロリコンやらパンチラやらの話のどこに――と考えた所で。

『――おいコラ。この前、俺のパンチラ好き疑惑《ぎわく》を広めたのは、まさか……？』

『……………すまんかった。子供のパンチラが人生に影響《えいきょう》を与《あた》えた者として、妙《みょう》な親近感を覚えてしまい、つい話したくなって――』

こんなタイミングで、思わぬ舞台裏《ぶたいうら》を知ってしまった。

それにしても……『子供のパンチラが人生に影響を与えた者』

――不本意極《きわ》まりないが、間違っているとも言い切れないのが腹立たしいッ……！

俺がそんな悶々《もんもん》を抱《かか》えている一方、美月と美羽ちゃんの方は。

「それでそれでっ？　それで、おねーさんとおにーさんは、どうやって――」

「あ、あはは……別に大した事はしてないよー。その時だって――」

キラキラした瞳《ひとみ》で、俺たちのエピソードを根掘《ねほ》り葉掘《はほ》りと訊きまくる美羽ちゃん。

美月はそれに押され気味ではあるが、なんだかんだで楽しそうに応えていて。

「……美羽と伏見、意外と相性《あいしよう》良いのか？」

「そういえば美月、兄は居るけど下は居ないから、昔から妹か弟が欲《ほ》しかったたって言ってたっけ。――そこら辺の理由かもな」

そんな話をしている間も、横では女子2名の会話は弾《はず》んでいて。

「あ、そうだ美羽ちゃん。ちょっと訊きたかったんだけど――」

「？　なんですか？」

不意に、美月が少し真面目な顔になって、美羽ちゃんに。

「自分が『妹みたい』って思われているのは、知ってたよね？」

「はい、もちろんです。今も家族みたいな付き合いですっ」

美羽ちゃんは、その関係に不満は無いらしく、嬉しそうに応えて。

「その事に不安は無いの？『妹みたい』から『恋人』になれるかどうか……」

そんな事を訊いた美月。

……これが何の話か分かった俺も、さりげなく注視する。

だけどそんな中で――美羽ちゃんは『きょとん』とした顔をしてから。


「えっと……それ、あんまり関係無いですよね？」


「「「……へ？」」」

そんな言葉に、さりげなく聞いていたらしい安室まで、揃《そろ》って声を漏《も》らした。

その様子に少し驚《おどろ》いた様子の美羽ちゃんは、少し考える仕草を見せ。

「……その、あんまり深く考えていたわけじゃないんですが――」

と、前置きをした後、笑顔で話しだした。

「えっと……相手が自分をどう見ていても、自分の気持ちがどんなモノでも――手放したくないなら、やる事は同じ、ですよね？」


「「「…………」」」

揃って軽く絶句した俺たち。

確かに、ある意味でご尤《もっと》もな事ではあるけれど……それを迷わず貫き通せる人間なんて、そうそう居ないだろう。

「――ぷっ、あはははっ！」

「……え？　お、おねーさん？」

不意に笑い出した美月に、戸惑《とまど》った様子の美羽ちゃん。

それに対して美月は一頻《ひとしき》り笑った後。

「――うんっ。美羽ちゃんは将来、絶対に凄《すご》くイイ女の人になれるよ！　安室くんが羨ましいな、本当に♪」

「へ？　……え、えっと、よく分かりませんが――おねーさんに言ってもらえると、すごく嬉しいですっ♪」

そう言って笑い合う2人。

一方で安室の方を見てみると、こちらは照れ臭そうにそっぽを向いているが――

何となく妙な親近感を覚え、再びスマホでメッセージを送ってみた。

『やっぱり美羽ちゃん、中々に凄い子だな。お前も将来大変だ』

『お前には言われたくないっ！』

こちらを睨《にら》みながら、そう返してきた安室だが——どうも満更《まんざら》でもない顔に見えて。

◆　◆

食事と話し合いの後。

もし今回の話し合いが手こずっていたら、少し一緒に遊びにでも行って、親睦《しんぼく》を深めてからもう1回——とか考えていたけど、その必要は無くなった。

美月と美羽ちゃんなんて、完全に意気投合していたし。

どうしようか話し合った結果、今日はこの場で解散——というか安室&美羽ちゃんと別れることにした。

美羽ちゃんは『これからデートです♪』って喜んでいて。

安室は複雑な表情だったけど、どう見ても嫌がっている様には見えなかった。


で、俺たちはというと。

大河たちに『無事に終わった』と連絡《れんらく》した後、軽く買い物をして帰宅。

その後、持ち帰ってきた生徒会の仕事があるので、それを進めようという事に。

それで今、俺たちが居るのは美月の部屋の、寝室《しんしつ》としても使われている和室。

美月に『お茶淹《い》れるから、私の部屋でやろう？』と言われ。

冬場は炬燵《こたつ》として使う四角い座卓《ざたく》を出し、そこで仕事をしているのだが……。

「……美月さん、何をしているのでしょうか？」

「んー？　見てのとおり、寄りかかってマンガ読んでるー」

——うん。それは見れば分かる。それは良い。

そして読んでいる本や、その横に積んである本は少女マンガ——等ではなく『彼岸《ひがん》○』や『ベル○ルク』等、かなりエグイ系のマンガというのも、気にしない。

仕事の方も、先に俺が書類を確認《かくにん》する必要があるので、美月の出番は後だから、怠《なま》けているわけでもない。

——問題は、美月が寄りかかっているのが、俺の背中な事。

「……いや、なんでこの体勢なのかな、と」

「んー、嫌だったり重いなら退くよー？」

嫌ではないし、『重い』とか言ったら余計にグリグリしてきそうだけど。

——しかし、この行動はなんだろう？

ご機嫌《きげん》取りというわけでも、からかっているわけでも——もちろん、色っぽい意味や目的でもなさそう。

……強《し》いて言うなら、この前『恋愛《れんあい》感情か分からない』と言ってきた時に近い。

だけど、あの時の様な不安などの感情は感じられない。

そして何より疑問なのは……——理由も分からないのに、俺自身が美月の行動に、妙にしっくりきているというか……不自然なのに、違和感《いわかん》を感じていない。そんな妙な感覚。

——おそらく何か共通の原因がありそうだが、すぐにはピンときそうに無い。

……だからとりあえず、目先の仕事に集中して時間が過ぎ——

そんな中、美月のスマホが短く鳴った。

「——ん？　……あ、美羽ちゃんからだ」

「……いつの間に連絡先《れんらくさき》を交換《こうかん》してたんだ？」

後半はすっかり意気投合してたから、不思議には思わないけど。

「んー、ファミレス出る時にササッと。――あれから映画見てきて、楽しかったって。『おねーさんたちも2人でどうですか♪』だって。――明日、行く？」

「ふむ。良いかもな」

「やった♪」

背中越《ご》しに聞こえる、楽しそうな声。

それを聞きながら、頭の中で明日の予定に追加していると、美月が続けて。

「――あ、そうだ。今度、美羽ちゃんに雪菜を紹介《しょうかい》するつもりなんだけど……大河くんも紹介した方が良いよね？」

そう訊かれ、少し考え――軽く危機感を覚えた。

「雪菜に、か。大丈夫か……？」

「え、なんで？　雪菜と美羽ちゃん、多分だけど相性良いと思うんだけど」

――うん。相性が良さそうとは、俺も思う。

だけど心配なのは、むしろ相性が良過ぎた場合で。

「……やべぇ恋愛観《れんあいかん》をお持ちのお嬢様《じょうさま》2人、合わせて大丈夫なのか、と」

「え？　……あ、ああー、そういう意味かぁ……」

美羽ちゃんと少し話して思ったのが――雪菜に似ている、という感想。

もちろん顔ではなく、一見大人しそうでありながら、実は相当に頑固《がんこ》な所とか……。

そして何より、恋愛対象には手段を選ばない『ヤミ（病《や》み）属性』な資質を持つこと。

「……俺《おれ》は確実に被害《ひがい》を受けないから良いんだけど、仮にヤミ属性の相乗効果が発生したら――大河と安室、胃へのダメージ蓄積《ちくせき》が加速しそうかな、と」

「あ、あははは……拘束力《こうそくりょく》が凄いことになりそうだねぇ」

明確に想像できたらしく、頬を引きつらせながら言う美月。

「――だけど将来的な視点で考えると……合わせた方が良さそうな気はする、か」

「うん、そうなんだよね。そっちの意味でも相性が良さそうかなって思うんだよ」

暴走しがちながら、決めた事は真っ直ぐに貫き通す傾向《けいこう》と思われる美羽ちゃん。

やや流されがちながら、清濁併《せいだくあわ》せ呑《の》んで現実的に進む傾向にある雪菜。

似た性格でありながら異なる性質も持つ２人を合わせたら、良い意味で面白《おもしろ》いことになりそうな気がする。

「今回の件、思う事は多々あるけど……あの子と知り合えたのが一番の収穫《しゅうかく》かもな」

「……あはは、そうかもねぇ――あ。美羽ちゃんから追加でメッセ――悠也にだ」

俺の言葉に、美月が少しおかしな反応をしたが……とりあえず、その詮索《せんさく》は後回し。

「……美羽ちゃんが俺に？」

「うん。――はい」

そう言って、再びこちらに向けられた画面を見ると。

『おにーさんへ
お母さんにお金を返すとき、やっとお会計の話で試《ため》されていた事に気付けました。

やっぱり、急ぎすぎていたみたいです。

これからは、言われたとおりにゆっくりいきます。ありがとうございました』

「……遅れてとはいえ、あの歳《とし》で『あれ』に自分で気付くのか」

「あ、あはは……本当に凄い子だよねぇ」

実はファミレスで『奢る』と言った際、少し安室と美羽ちゃんを試したわけで。

その時は2人とも気付いておらず、評価は低かったのだが――

「……少なくとも、まだ気付いていないであろう安室より上だな、美羽ちゃんは」

「普通《ふつう》は気付かないと思うよ？　まだ美羽ちゃんの立場の方が気付きやすいかも。――っていうかアレ、やっぱりそういう意図だったんだねー」

実は――もし美羽ちゃんが強行を諦めなかった場合、説得するための手札にしようと仕込んでいた話でもあって。

ファミレスで、安室は美羽ちゃんの分の支払《しはら》いをしたが――では実際、安室は誰《だれ》に奢った事になるのか、という話。

形式的には美羽ちゃんに奢った形で、安室と美羽ちゃんの認識もそうだと思う。

だけど実際は……美羽ちゃんは親からお昼代やお小遣いを貰《もら》っている以上、本来支払われていたのは『美羽ちゃんの親のお金』。

まだ働ける年齢《ねんれい》ではない以上、美羽ちゃんの行動の対価は、基本的に親の支払い。親からもらったお金で払う所を奢ったんだから、実質的に奢ったのは『美羽ちゃんの親に』、という事になってしまう。

「……気付いちゃうと複雑だよね。奢ってもらったはずの美羽ちゃんも、美羽ちゃんに奢ったはずの安室くんも」

「──だからこそ、落ち着かせる必要がある時には有効だと思ったんだよ。……必要が無ければ、言わずに済ませたいとも思ってたけど」


俺が安室と美羽ちゃんを試したのは、どういう方向に話を進めるかを決めるため。

普通だったら『止《や》めとけ』一択《たく》だが、あの2人の場合は押しているのが美羽ちゃんの方で……しかも安室の方も、何だかんだで満更でもなさそうだった。

周囲の眼は厳しいが、身内の理解があるなら『絶対に不幸になる』とまで言うつもりはない。特に美羽ちゃんの場合、双方《そうほう》のご両親を味方に付けていたようだし。

覚悟して選ぶなら、それはそれで『アリ』な選択《せんたく》なのだと思う。

……だけど現状では、美羽ちゃんが何か問題を起こして金が必要になった場合も、支払い義務は親。つまり今の美羽ちゃんだと、自己責任も自分で取れない。

これが、感情ではどうにもならない現実の話。


「──ここら辺も分かって覚悟の上でって事なら、あの段階でくっつける方向に話を進めるのもナシではないか、とも思ってたんだよ」

安室も美羽ちゃんも、その点の認識は無さそうだった。

だから、今くっつけるべきではないと判断して、落ち着かせる方向に話を進めたわけで。

「……あはは。初手からこういう考え方しちゃうの、私たちの立場のせいだよねぇ」

「――だな。早い内に、自分たちの責任は取れるようになろうって決めたしな」

俺たちは中学の頃《ころ》から専門家の指導を受け、投資等で稼《かせ》いでいるのだが。

それには……実家に頼らずに生きていける様になっておかないと、万が一が起きた時に逃げられない、という理由もあった。


俺たちは両方とも親が経営者で、柵《しがらみ》が多い。

最悪の場合だと――経営が傾《かたむ》いた結果、俺と美月は別れさせられ、別々に政略結婚《けっこん》を求められる、なんて可能性も皆無《かいむ》ではなくて。

自立できていないと、そんな時に逃《のが》れる術が無くなる。


「あははっ。まず大丈夫だけど、万が一の備えは欲しいからねー」

お互《たが》い軽い調子で話してはいるが、かなり本気で考えた事。

ずっと共に居ることが、俺たちの最優先事項《じこう》なのだから。

「……確か『夢の中で、幸せに生き続ける事』だっけ？　――今さら引き離《はな》されるとか、御免《ごめん》だもんな」

「――んっ、そうだね♪」

なんとなく、美月が美羽ちゃんに言った事を思い出し、引用してみたのだが。

それに対する美月の反応は……また、少しだけ間が空いた後、こちらに体重を掛《か》けながら、機嫌良さそうな声。

それが引っかかって、少し考えて――

「――ああ。この体勢……美羽ちゃんとの会話で、いろいろ考えたからか？」

「っ、あ、あはは……分かっちゃったかー」

ばつが悪そうに、苦笑いを見せる美月。

……美羽ちゃんとの話し合い、俺たちには思うところがあった。

それは、主に2点。

美羽ちゃんを助けて安室が大ケガをした、という話。

そして――『想いの種類が何であれ、失いたくないなら、やる事は変わらない』。

「何というか……色々と、俺たちに突《つ》き刺《さ》さる話があったからな」

「――うん。そのせい、だとは思ってるんだけど……実はね？　私もなんでこんな事したくなったのか分からないんだよ。ただ――」

一度言葉を止めた美月は、俺に寄りかかって力を抜《ぬ》き。

俺の肩《かた》に後頭部を乗せる――そんな背中合わせで密着する姿勢で。


「……なんとなく、傍《そば》に居てほしいって思っちゃった」


少し照れ臭そうな声が、そう伝えてきた。

普通のカップルだったら――面と向かってだったり、肩を寄せ合いながら言って、結構イイ雰囲気になりそうなのに。

背中合わせで言うところが美月らしい――いや『俺たちらしい』とも思った。

「――なんとなく分かるけどな。多分、どうしてかも。……『失わなくてよかった』、そう思ってないか？」

「……あー、なるほど。――うん、そうかも」

美羽ちゃんの『失いたくないなら、やる事は同じ』という話。

あれは、俺たちへ見事に刺さった。

なにせつい最近『自分の感情の種類が分からない』という話をしたばかり。
そして——俺たちは、お互いを失いたくないと、強く思っている。

そうなった原因が、例の『冬山の件』。
あの一件の事を、その前の『美羽ちゃんを助けて安室が大ケガをした』という話で思い返していたため、更に衝撃《しょうげき》が大きかったのだろう。

だから——『居てくれてよかった。失わなくてよかった』。
そう改めて強く感じたから……今は離れたくなかった。

その『冬山の件』。
以前教室では、アホな事件として話した。
美月の発案で冬山に登り、俺が滑落《かつらく》した話。教室では笑い話で終わらせたが——
……未《いま》だにハッキリと覚えている。
俺が落ちる瞬間《しゅんかん》の、美月の絶望した様な顔を。

危険を顧《かえり》みず、落ちた俺の所までやってきた美月の泣き顔を。

幼い美月は、ただ泣きながら『ごめんなさい』と、繰《く》り返して――

「……いつか訊いた方が良いとは思っていたんだけどさ。――あの件の時の罪悪感、まだ残っていたりするのか？」

話すか少し迷ったが――いい機会だから、キッチリ片を付けようと決めた。

あの件の事は、美月の心にいまだ重く残っているのは分かっている。

だけど、それがどういう形で残っているのかは、俺にも分からなかった。

あの件は、美月だけのせいじゃない。俺は被害者《ひがいしゃ》ではなく、共犯者だったのだから。

だからもし、美月が今もあの件を罪の意識として気にしているのなら――

「――え？　あ、それは全然。もちろん反省はしてるけど、罪悪感は綺麗《きれい》さっぱり」

「…………そうっスか」

背中合わせの向こうから、とってもアッサリした声と言葉が届いてきた。

俺自身『気にする必要は無い』とか言うつもりだったし、それが本心でもあるけど。

……ここまでアッサリ言われると、少々複雑な気分にはなるわけで――

「――でも……ね？」

続いて聞こえてきた声は――まさに『あの時』の様な、泣きそうな声に聞こえ。

「――あの時の『悠也が居なくなっちゃう』っていう怖《こわ》さは……忘れられないかな」

背中合わせのままに、そう語る美月。

寄りかかる背中は……まるで、俺の存在を確かめている様で。

だから俺は、こちらからも少し体重をかけ、美月の頭を撫《な》でながら――『ここに居る』と、そう伝えながら。

「――俺も怖かったよ。美月を泣かせて……慰《なぐさ》める事も出来ずに、もう会えなくなるかもしれないって、そう思ったから」

……あの時、俺は『美月のせいじゃない』『大丈夫《だいじょうぶ》だ』そう言いたかったのに。

声を掛ける事も……涙を拭ってあげる事も出来ずに、意識を失って。

――目の前で泣く幼馴染《おさななじみ》に、何も言えずに消えるかもしれない。

あの時は『死ぬかもしれない』という事より、その事の方が怖かった。

その時——それまで悪友や暴君と認識していた美月を、初めて大切な女性だと意識した。

だからその後、病院で意識を取り戻して、美月と再会したとき。

しばらくまともな言葉も出せず……抱《だ》き合い、ただ2人で泣き続けた。

「——あはは。なつかしーね？　多分……あれがキッカケだよね？」

「多分な。……あんな思いは、二度と御免だと思ったたし」


泣き終えた俺たちが、無言で交《か》わした——初めてのキスと、誓《ちか》い。

——もう、失いたくないと思った。だから、共に生きようと決めた。


これが俺と美月の原点で、最優先事項。

だから、今もあの一件は——『良い思い出』ではないけれど『大切な過去』。

「——そういえばさー、悠也？」

しんみりとした時間が、少し流れた後。

美月が『素朴《そぼく》な疑問』といった様子で訊いてきた。

「──あの時に見えたパンツの柄《がら》のせいで魚が好きに、っていうのは、嘘《うそ》？」

「…………」

なにも今訊かなくてもいーじゃねーか、とは思うが……答えるしかなさそうか。

「……あの時の光景はハッキリ覚えているんだけど。泣き顔を思い出すのは心苦しかったんで──思い出す時は、意識を下にズラした結果です」

「嘘ではないのかいっ」

あの光景を思い出す時、最初の頃はいつも美月の泣き顔から始まって、慌《あわ》てて意識を下に逸らしていたんだけど。

……その後しばらく経《た》って。たまーに、スタートから下半身の時が出てきてたりする。

「つくづく、悠也も男の子だよねぇ……」

「──原因、ソレとは微妙《びみょう》に違う気もするが……どうもすみません」

その回想に、男の子な理由が関係しているかは疑問だが……とりあえず謝《あやま》った。

すると、美月が笑っているのが背中から伝わってきて。

しんみりした時間は、もう終わり。

──ああいう時間も嫌《きら》いじゃないけど……。

やっぱり美月が笑っている方が、俺は落ち着く──

「あとさー、悠也はなんで私が『傍《そば》に居てほしい』って思った理由が分かったの？」

「………………」

美月が調子を取り戻したのは、良い。笑っていてくれた方が良いと思うのも本心。

だけど――『調子を取り戻し過ぎじゃね？』とか思っちゃうわけで。

「……単に、付き合いが長いからではないでしょうか？」

「ふーん、そっかー。じゃ、勝手に予想を言うねー」

……この楽しそうな口調から察するに、確信レベルで見透《みす》かされているっぽい。

背中越しでも、楽しそうな悪戯《いたずら》っぽい笑顔が想像できる、からかい口調で。

「――私の心情が分かったっていう事は、悠也も『離れたくなかった』の？」

「………………ご想像にお任せします」

俺はそれだけ言い――『さーて、お仕事がんばるべぇ』といった調子で、完全に手が止まっていた生徒会の仕事の方へ意識を向け――ようと努力する事にした。

……だけど。背後に居た彼女はとってもご機嫌で。

体勢を変え、俺に後ろから抱き着く形になり――指を俺の頬をツンツンしながら。

「わーい、悠也が照れてるぅ。か～わいい～♪」

「…………美月さん。ボクは今お仕事中です」

こうなった美月は止められない事を知っているため、なんとかスルーの方向で。

……だけど何故《なぜ》か、美月の調子は過去最高潮で。

「もぉー、悠也は私にベタ惚《ぼ》れで、仕方ないな～♪」

……この前使ったネタまで持ち出し、とっても『嬉《うれ》しそう』に言ってくる。

それが何故かも分かっているけど……美月は多分『俺が分かっている事』も分かった上で、それも嬉しいと思ってテンションを上げている。

……そして。俺もそれを嬉しく思ってしまっているため、どうしようもない。

だから今は、ひたすらスルーに徹《てつ》して逃《に》げるしか――

「――じゃあ、このまま今日の『恋人《こいびと》っぽい事チャレンジ』いってみよ～♪」

「鬼《おに》か貴様は」

ダメ押《お》しの手を緩めない美月に、思わず素で返してしまった。

「……この前の一件もあるから、接触《せっしょく》状態が続くと――こう、何かと危険なんだが？」

──とにかく一旦離《いったんはな》れてもらわないと、話にならない。

そう思い、実際はまだ男の子的な暴走は大丈夫だが、こんな事を言ってみた。

これで離れると思うんだが──

「んー？　この前も言ったよね？『そうなったら、そうなった』でって♪」

……これでも退かないとは思わなかった。

と、ここまで考え──いくら何でもテンション高過ぎないかと、思い始めた。

「……なんか今日、やけにグイグイ来るな？」

「うんっ♪　私も、美羽ちゃんに負けてられないからねー」

テンション高いまま、そんな事を言う美月。早々に新しい妹分の影響を受けたか。

押しの強さを見習ったか──と思ったが。……少し、突拍子《とっぴょうし》も無い事が浮《う》かんだ。

──本当に、見習っただけ、か？

そういえば、俺が『あの子と知り合えたのが一番の収穫かも』と言ったとき、少し妙な反応をした。

てっきり、今日は他にも思う事が多々あったからかと思っていたが……。

今まで、美月が『そういう反応』をした所を見た事は無い。

だけど、いろいろ認識《にんしき》が変わっている今なら、もしかして――？

「……なぁ、美月？」

「ん？　どしたの悠也？」

きょとんとした顔で返してきた美月。

……本当に、俺の考え過ぎだったか。それとも、無自覚なだけか――

「……まさか美羽ちゃんに嫉妬《しっと》――っていうか、対抗心《たいこうしん》、持ってたりする……？」

「…………へ？」

何を言われたか分からない、という様な顔をした美月だが――その顔が、あっという間に赤くなって。

「え？　あ、あれ？　――あ、あははははっ……⁉」

……美月さん大混乱。――どうやら本当に対抗心があって、無自覚だったらしい。

「わ、悪かった。とりあえず俺は部屋に戻《もど》るから、落ち着け！　なっ⁉」

「う、うん、ごめんね悠也っ」

「何かあったら連絡くれ。じゃ、お休みっ！」

トリガー引いたのは俺だから、離れた方が良いだろうと、慌ただしく部屋を出た。

そして自分の部屋に入る前に、外でさっきの出来事を振《ふ》り返ってみる。

先ほどの美月は——おそらく、美羽ちゃんに悪意を持っているわけではない。

むしろ、本当にあの子の事を認めていて。それを俺が褒《ほ》めた事が原因——か？

ちょうど『恋人っぽく』などと考えていて。この前なんて、いろいろ認識を改め始めたばかりの時に、恋愛方面で非常に押しが強い美羽ちゃんと知り合って。

そんな子を自分が認めて——俺も認めて褒めた事で、嫉妬……というより対抗心、いや、むしろ『焦《あせ》り』に近い感情を無意識に覚えて。

それが、話の展開で上がったテンションを、更《さら》に後押《あとお》しした結果が——あの暴走？

——他にも何かありそうな気もするが……うん、少しヤバかったな。

実は、俺が慌てて美月の部屋を出た理由だが。

美月を落ち着かせるため、というはもちろんあったが……それだけではなく。

……真っ赤になって涙目《なみだめ》で慌てる美月を、すごく可愛《かわい》いと思ってしまった。

この前、己《おのれ》のスケベ心を自覚したため——美月の対応次第《しだい》では、ちょっと『事故』が起こりかねないと思って。そんな理由の緊急退避《きんきゅうたいひ》だった。

可愛かった事もだが……美月が嫉妬に近い感情を持ってくれた事も、不謹慎《ふきんしん》かもしれないが、嬉しく思ってしまい。

総括《そうかつ》として、とても良いモノを見たと心から思った俺は、自然と夜空を見上げ——

——美羽ちゃん、本当にありがとうございました。

11歳の少女に、心の底からの感謝の念を送った。

……そっちに居ない事は分かっているけど。

終章 これからの2人

——翌日、日曜。

「……さーて。今日はどんな寝相《ねぞう》をしてるかなっと」

今日は、以前から話していたデート（っぽい事）をする予定の日。

今朝の朝食当番は俺だったのだが、例によって準備を終えても美月《みつき》が起きて来なかったので、こうして起こしに来た次第。

そんなわけで、美月の部屋の寝室に入ると——

「……珍《めずら》しく、まともな寝相だ」

仰向《あおむ》けで、暑くて額を拭《ぬぐ》ったのか眩《まぶ》しかったのか、右腕《みぎうで》だけは頭の上に。そして薄手《うすで》のタオルケットが腰回《こしまわ》りに。

タンクトップが際どい所まで捲《まく》れ上がっていて、俗《ぞく》に言う『南半球』が見えてはいるが、まぁまともな寝相の部類。

そして……同時に、少し安心した。

昨夜、あんな事があった後のため、寝《ね》れなかったりしていたら――などと心配していたが、大丈夫だったっぽい。見るからに爆睡《ばくすい》してるし。

……で。安心したからか――今度はこの爆睡っぷりに、少しイラっときてしまい。

そんなわけで。以前もした様に、美月の頬へ軽い悪戯を決行。

この前は突っついたので、今度は頬を軽くつまんで、引っ張ってみる。

「……ふみゅぅ……」

またもネコっぽい声を出して、もぞもぞと動く美月。

そして、俺の方はというと。

――美月の顔、こんなに触《さわ》り心地《ごこち》良《よ》かったっけ……？

いろいろと認識を改めてから、初めてしっかり触ったからか……手触《てざわ》りに感動。

なんとなく――引っ張った頬を撫でて。

それから、指を輪郭《りんかく》にそって、顎《あご》に。そして、唇《くちびる》に――

――って！　何をしている俺ッ⁉

軽くトランス状態になっていたところから、なんとか復帰。

慌てて美月から手を離し、深呼吸して精神を落ち着かせ――


「――んん……。ゆーやぁ……？」


「ッ⁉　――あ、ああ、起きたか。なかなか起きてこなかったから、起こしにきた」

……今度は別の理由で心拍数《しんぱくすう》が跳《は》ね上がったが、何とか平静を装って返事。

「ん、ありがとー。……それと、昨日はごめんね？」

「へ？　……ああ。あれは俺が言ったせいでもあるんだし。……まぁ、その事は後で話すとして――今日は、デートするんだろ？」

なんとなくだが……『デートっぽい事』ではなく、『デート』と言ってみた。

そんな俺に、美月は少し『きょとん』とした顔をしてから。

「うんっ！」

そう、嬉しそうな顔で応《こた》えてくれた。

「――じゃ、朝食作っておくから、二度寝しないで起きて来いよー」

そう言って、美月の部屋を後にした。……ニヤけそうになる頬を押《お》さえて。

……それと。美月が寝起《ねお》きなのに、妙《みょう》にはっきりとした受け答えをしていた事や、少々頬が赤かった理由などは……考えないでおこうと思った。

◆　◆

そして現在──10時20分。

俺はターミナル駅の駅前で一人、スマホをいじりながら時間を潰《つぶ》し──

「お待たせっ。待った？」

「いや、さっき来たばっかり。っていうか、まだ時間前だろ？」

笑顔《えがお》と共にかけられた言葉に、俺が苦笑《くしょう》で返すと──満足そうに笑《え》みを深める美月。

「──うんうん、デートっぽいね♪　待ち合わせにした甲斐《かい》があったよー」

そう言う美月の格好は、ノースリーブのカットソーにシースルーのカーディガンを重ね、下はキュロットスカート。そして髪型《かみがた》はポニーテール。

飾《かざ》り気《け》は少なめだが、それが着ている者の素材の良さを引き立てているし、清楚《せいそ》かつ活動的な印象を与《あた》える服装は、『快活なお嬢様』という美月によく似合っている。

「ん？　どしたの悠也《ゆうや》？」

何を言うべきかを少し迷った俺に、美月が怪訝《けげん》そうに首を傾《かし》げ。

「……いや。似合ってると思う。服も髪型も」

「──あははっ、ありがと悠也♪」

そう言って、嬉しそうに笑う美月。

朝食の際、美月から『どうせデートっぽくするなら、待ち合わせで現地集合にしない？』と言われ、深く考えずに賛同。

そのため玄関先《げんかんさき》での鉢合《はちあ》わせを避《さ》けるために、お互い出掛《でか》ける時間を決めて出るという一手間を掛けたけど──その甲斐はあったと認めざるを得ない。

いつも近くに居る美月が相手だと、この手の『対面した際の新鮮《しんせん》さ』を味わう機会は、

あまり無かった。

　２人で外出する時は大抵《たいてい》、どちらかの家からスタートだったし。

　──と。そんなわけで、少々新鮮な感動に浸《ひた》ってしまい。

「ん？　どうしたの悠也？」

「っ、いや、何でもない。それより──美月が外でポニーテールにしてるの、珍しいな？」

　話を変えようとして振った話題だけど……改めて考えてみれば、本当に珍しい。

　美月は普段《ふだん》の髪型も、一応ポニーテールに分類されるのだろうが、軽くまとめて後ろでとめているくらい。うなじがしっかりと見える髪型は、あまり見ない。

　家ではたまに見るが──朝はそうでも、家を出る時には変わっている。

「あ、あはは……よりにもよって今、それ聞いちゃうか……」

「……何かあるのか？」

　誤魔化《ごまか》し笑いを浮かべ、少し気まずげな様子の美月。──さすがに気になる。

「えーっと……実は私、こういうポニテはあんまり好きじゃないんだよ。長い髪《かみ》に慣れてるから、首元がちょっとスースーする気がして」

「あー、なるほど。言われて納得《なっとく》した。だけど、それならどうして──」

言いかけて、気付いた。

──そういえば美月、俺がポニテ好きなの知っていたっけ。

その上で、家とこういう時にだけ、この髪型にする理由。

更に先日、俺は腋《わき》好きを告白した。その上で、今日はノースリーブというのも──

「え、っと……その、ほら、サービス精神だよ、サービス精神！」

「そ、そうか。ＯＫ理解した！　……そのサービス精神に感謝を」

「う、うん、どういたしまして……」

……こちらが理由を察した事を、美月も察した様子で。

お互い、妙に慌てた感じで弁解し合った後──

「「あー、えっと………」」

顔を逸《そ》らして少し気まずく黙《だま》り込むという……『デート』の幸先《さいさき》として良いのか悪いのか、判断が少々難しい展開。

「……それにしても。美月がポニテ苦手なの、知らなかったな」

「へ？　──ああ、うん。まぁ『なんとなく気が進まない』ってくらいだけどねー」

確かに『絶対にイヤ』レベルだったなら、さすがに気付いた自信はあるが……それでも、気付けなかったのは不覚に思うわけで。

「……改めて考えると、意外と知らない事がありそうだな」

「んー、まぁ仕方ないんじゃない？　それにほら、この前の話みたいに——相手の知らない事を知るのって、良い事だと思うし、ね？」

「——まぁ、それはそうか」

それは、委員長たちの件の後に得た教訓。

……だけど。当初思っていたより、知らない事は多いかもしれない。

と、俺《おれ》が考えている事を察したのか、美月が楽しそうな笑顔になって。

「これからも探してよ、悠也が知らない事。——訊《き》いてくれたら、私は隠《かく》さないから♪」

「——りょーかい。ま、地道にやるよ」

「あははっ、そうだねー。——あ。もちろん私も、悠也の関係で知らない事があったら訊くから、答えてよね？」

「ああ、それはもちろん。訊かれて困る事は無いし、いつでも答えるよ」

——と。隠し事《ごと》はほとんど無いし、俺が答えられないほどのヤバめな事は、さすがに訊いてはこないだろう。そう思って軽く応えたのだが——

「——言質《げんち》は取ったよ？」

美月さん、ニヤリと笑ってそんな事を仰《おつしや》った。

「……待て美月。ナニを訊く気だ？」

「ん−？　ま、その時になったら分かるよ♪　さて、そろそろ行こっか〜」

「は？　——おいコラ待てっ」

意味あり気に言って、とっとと歩き出す美月。それを慌てて追う俺。

おかげでさっきの気まずさは無くなったけど……余計な心配事は増えた気がする。

◆　◆

さて、目的の店だが。『熱帯魚の店』と言ってはいたが、実際はペットショップ。店舗《てんぽ》内《ない》に熱帯魚とペット、それぞれを半々のスペースで取り扱《あつか》っている店。

当然、俺たちがまず向かったのは、水槽《すいそう》で舞《ま》う様に泳ぐ色とりどりの熱帯魚たちの所。

それらを、楽しそうに見て回る美月。

その一方で俺は――ガチの見定めモードで店内をザッと一周。

そして少し考え、決めた所で、美月が声をかけてきた。

「結論出たみたいだねー。何か買う？」

「んー、あんまり目新しいのは居ないし、今回は保留かな」

「そうなの？　ここら辺とか、悠也の家で見たこと無い気がするんだけど？」

美月が指さした熱帯魚は――近似種《きんじしゅ》は居るが、確かに同種は飼っていない。色合いも綺麗で、正直に言えば俺も目を付けていたけど。

「……欲《ほ》しいといえば欲しいけど、買い過ぎて水槽が狭《せま》くなると可哀想《かわいそう》だし。――あ、でもエサと水草は安いな。実家の在庫を訊いてから、買っておいても……ん？」

再び思案モードに入り……かけた所で、美月が妙に微笑《ほほえ》ましそうに、こちらを見ている事に気付いた。

「……何か？」

「ん？　うん、相変わらず大事にしてるなーって」

「……そりゃ好きで飼ってるんだし、大事にして当然だろうに」

何となく気恥《きは》ずかしくなって、視線を逸らしながら応えると――

「とても、キッカケがパンツの柄だなんて思えないな、って♪」

「本当に、いい加減に勘弁《かんべん》してくれませんかねぇ!?」

思わず強気か低姿勢か分からない抗議《こうぎ》をすると、とっても楽しそうに笑う美月。

「それで、どうする悠也？　もう少し見てく？」

……自分で話を変えたという事は、これ以上イジる気は無いという事か。

相変わらず引き際《ぎわ》の見極《みきわ》めが上手《うま》い美月に苦笑いを浮かべながら、少し考え。

熱帯魚たちが泳ぐ水槽に目をやってから。

「……いや。見てると買いたくなるし、動こう。――ペットコーナーも見てくだろ？」

「うんっ！」

美月は動物好き――というか『モフモフ至上主義』。

好きなジブ○アニメは『となりの○トロ』で、たまに『日本の自動車メーカーは、スマートカーとか作るならネコバス作ればいいのに』とか本気で言うレベルのモフモフ好き。

嬉しそうな笑顔での返事に、今度は俺が微笑ましく思いながら、店内を移動。

中央にケージやエサ等のコーナーがあり、それを挟《はさ》んで反対側がペットコーナー。

近付くなり、子犬が入るケージに駆《か》け寄る美月。

「やっぱり犬もいいなぁ、モフモフ♪」

「美月の家は猫《ねこ》だもんな。——あの子たちは元気？」

美月の家には、猫が2匹《ひき》。

5年ほど前、美月の遠戚《えんせき》にあたる家で、意図せず5匹も生まれてしまったそうで。

一体どうしたものかという所で、それを聞いた美月の家が2匹引き取ったらしい。他の3匹も、その家の子の友達に引き取ってもらえたと聞いた。

「うん、元気みたいだよー。今度、一緒《いっしょ》に行く？」

「そうしようかな。美月の親父《おやじ》さんとおばさんには、だいぶご無沙汰《ぶさた》しているし。……そういえば、兄さんは？」

「んー。特に聞いてないから、お盆《ぼん》か年末じゃないと帰ってこないと思うよ？」

美月には、8つ離《はな》れた兄が1人。美月の親父さんの会社の後継者《こうけいしゃ》で——現在は実績を積むために、海外の支社で働いている。

大河《たいが》と雪菜《ゆきな》とも面識があり、俺は兄貴分としても、企業《きぎょう》の後継者（候補）の先輩《せんぱい》としても慕《した》っている。……そういえば一時期、大河はライバル視していたな。

久しぶりに話したいが、忙《いそが》しいなら仕方ない。

「ウチの子たちも可愛いけど……モフモフ感は犬だよねぇ」

「分家の人が一応は犬飼ってるけど、モフモフじゃないからなー」

「……あの子たちはね。そもそも『ペット』って枠組《わくぐ》みに入るか微妙だし」

分家で飼われている犬種はドーベルマン。どういう子たちかは……推《お》して知るべし。

慣れると可愛いんだけどね。真面目《まじめ》な顔で尻尾《しっぽ》パタパタさせてたりとか。

「モフモフ可愛い犬っていうと――やっぱりポメラニアンとか？」

「そこら辺も良いけど、サモエドとかの大型犬もいいなー。――どう？　将来的に♪」

「努力しましょう」

「やった♪」

そんな話を冗談《じょうだん》っぽく話す俺たち。だけどやっぱり、美月も俺も半分は本気。

将来的にウチの実家を継《つ》ぐ事になるだろうし……多分、堅実《けんじつ》にいけば大丈夫。

「――そういえば美月、猫と犬だとどっち派なんだ？」

「ん？　うーん、そうだねー……」

どっちも好きなのは知っているが、どちらがより好きかは訊いた事が無かった。

そんな軽い気持ちでの問いに、美月は少し、だけど真剣《しんけん》な様子で考えた後――

「無差別？」

「……いや『無差別』て」

「だって――フワフワな猫も、モコモコな犬も、フサフサな小型も、モッフモッフな大型も、それぞれの良さがあるでしょ⁉　みんな違《ちが》って、みんな良いッ‼」

「……OK、分かったから落ち着けモフモフマニア」

俺は迂闊《うかつ》にも、ヤバいスイッチを押してしまったらしい。

「よく言うでしょ？　『真のおっぱい星人は、巨乳も貧乳も平等に愛す』って。それと同じだよっ！」

「……それ誰《だれ》の言葉だ？　タモさんあたりか？」

少なくともその『迷言』、俺は聞いた事が無い。……同意はするけど。

「私は子猫《こねこ》から大型犬まで、等しく愛して見せましょうッ‼」

「……またゲーセンでイイ感じのヌイグルミ見つけたら取ってやるから、落ち着け」

「わ～い♪　じゃあ今日、あとで行こ？」

「はいはい……」

もしかして、最初からコレが狙《ねら》いだったのか……？

そう疑うくらいにアッサリと落ち着いた美月――だが、今度は『ニヤリ』と笑い。

「じゃ、今度は私が訊くけど。悠也は巨乳派？　貧乳派？」

「なんでソレをココ（ペットショップ）で訊く⁉」

質問の内容もアレだが……それを今訊かなくてもいいじゃないかと。

……周りを見ると。ケージに入った動物たちが、円《つぶ》らな瞳《ひとみ》で『なにしてるの？』といった様子でこちらを見ている。

「――え？　じゃあ２人きりの時に、真顔でこの質問されたい？」

「…………それはそれで御免被る《ごめんこうむ》」

真面目に訊かれるのも、なかなかに居たたまれない気がする。

「だよね♪　じゃ、回答よろしく。――さっき『いつでも答える』って言ったよね♪」

……あの迂闊な回答を、さっそく後悔《こうかい》する事態に。

誤魔化すのは無理そう。適当言っても見破られる――というか嘘を言うメリットは皆無《かいむ》。

この状況《じょうきょう》から逃《のが》れる術は……ッ⁉

そんな風に必死で諸々《もろもろ》考えた末――

「……俺は脚《あし》派なので、胸の大小にこだわりは、あまりありません」

悟《さと》りの境地に至った気持ちで、心を涅槃《ねはん》の彼方《かなた》へ飛ばしながら白状。

……だって、訊かれた時点で詰《つ》んでたんだもん。

今後も、この手の『訊かれた時点でアウト』な質問が飛んで来るのだろうか……？

「あー、なるほど。そういう事が起こり得るんだ？」

「――とりあえず、自分ではそう思ってる。……良さを語れるほど見慣れていないから、ってのもあるのかもしれないが」

……厳密に言うと、小さすぎは痩《や》せすぎの印象があって少し……なのと、非現実的レベルで大きすぎは、ボディライン好きとしてはパス、というくらいです。

「なるほどなるほど。どうりで私でも分からないわけだー」

回答を聞いた美月は、納得の表情で頷《うなず》くだけで、特にちゃかす様子も無く。

散々ちゃかされた後に理性を試《ため》される様な事を言われる、までを1セットで覚悟《かくご》していた俺は、少し拍子抜《ひょうしぬ》け――ん？　そういえば……。

「……俺の脚《あし》好きも気付いていたのか？」

「ん？　うんっ♪　ボディライン好きより分かりやすかったよ？」

やはり言った事など無いのだが――これは、かなり前から知っていた様子。

「……いつから？」

「んー、薄々《うすうす》とは中2くらいだったかな？　確信は中3だけど――それがどうしたの？」

勝者の余裕《よゆう》で、楽しげに聞き返してきた美月。だがそれを訊いて、疑惑《ぎわく》が強まった。

……それを訊くかどうかで少し考えたが――今を逃すと訊く機会は無さそうか。

「――今の生活始めてから、寝間着《ねまき》がショートパンツなのって、まさか……？」

「……へ？　…………ッ!?　い、いやそういう意味じゃ――な、なくもないけど……っ！

で、でも今は気に入って穿《は》いてるだけだからねッ!?」

美月さん、顔を真っ赤にして大慌《おおあわ》て、からの逆ギレ。

以前の美月は普通《ふつう》にパジャマ派だった。それが今の生活になってからショートパンツとシャツになっていて――正直に言えば眼福と思っていたりした。

今まで疑問に思っていなかったが……俺の『脚好き』を知っていたとなると、そこに意味を感じてしまったわけで。

――で、この慌て様《よう》は……アタリではあるが、深い意図という程《ほど》ではなかった、かな。

明確な意思のもとの行動なら、バレても美月は動じないだろうし。

おそらく、ポニーテールと同程度の『ちょっとしたサービス精神』くらいか。

「あー、うん、大体わかった。深くは訊かないから、少し落ち着け」

「……ふえ?」

美月の後ろを指さしながら言うと、少々間抜《まぬ》けな声を出しながら、後ろを振り向き。

そこには――ケージ内の子犬が『わふ?』と小首を傾げながら、不思議そうにこちらを見ていた。美月はそれを見てイイ感じに気が抜《ぬ》けたらしく、落ち着きを取り戻した様子。

「あ、あはは……。ごめん、ちょっと取り乱した」

「まぁ俺も、こんな所で妙な事を訊いて悪かった。今はこれ以上訊かないから……そろそろ移動しようか」

……公共の場でこんな会話していると、当然目立つわけで。

そこそこ大きな声でツッコミ入れてしまった事もあって――現在、結構な注目を浴びてしまっている状態だったりする。

「――あ、う、うん、そうだね! それに今からお昼食べに行けば、午後の映画にちょうど良いくらいの時間になりそうだし」

「だな。——じゃ、とっとと動こう」

そう言いながら、少し急ぎ気味に店を出る事にした。

……美月が動物たちに、名残惜《なごりお》しそうな眼を向けていたけど。


本日の教訓『公共の場で性的な質問はやめよう』。


「で、昼。何食べる？」

「んー、やっぱり牛丼《ぎゅうどん》で！」

「……本当に安上がりだな、お嬢様《じょうさま》」

「いいのー、美味《おい》しいんだから」

「ま、クーポンは用意してあるけど。——あと、この近辺で使える株主優待券、いろいろ持ってきた。映画の値引きも大丈夫《だいじょうぶ》」

「わ〜い！　悠也、愛してる〜♪」

割引で結構ガチに喜ぶ、庶民派《しょみんは》お嬢様な美月。

……俺も同類だけど。

◆　◆

その後。美羽《みう》ちゃんに勧《すす》められていた映画を見た後、コーヒーショップへ。

映画の感想などの雑談をしながら休憩《きゅうけい》し、今度はゲームセンターに向かい。

美月と約束していたヌイグルミ（デフォルメされた柴《しば》イヌの）を何とかゲットしてから、各種ゲーム機で散々張り合い、夕刻と呼べる時刻になったところで退店。

ファミレスで少し早めの夕食をとってから、自宅マンションの最寄《もよ》り駅まで帰ってきて。

そして今は——駅近くのスーパーで諸々の買い物を済ませ、マンションに向かう途中《とちゅう》。


「今日はデートって事だったけど——こういうお買い物もデートの一環《いっかん》で、カップルらしい『イチャイチャしながらのお買い物』って感じになるのかな♪」

「……トイレットペーパー、いつものにするか特売品にするかの議論とかを『イチャイチャ』に含《ふく》むなら、そうなんじゃないか？」

「んー……微妙《びみょう》かー。でも、2人で話し合って明日の夕食用の買い物っていうのも、見ようによっては新婚《しんこん》さんっぽくない？」

「──見ようによっては、な。カレールーのメーカー選定と、肉のグラム当たり価格と鮮《せん》度《ど》の妥協点《だきょうてん》の話し合いだったけど。……むしろ『所帯じみてる』って言わないか？」

「むぅ……悠也が冷たいー」

「冷静と言ってほしい」

……こんな内容の話をしているから『熟年夫婦《ふうふ》』とか言われるんだと思う。

だけど──こんな内容の会話を楽しめているのは、もしかしたら『イチャイチャ』に含まれるのかもしれない。

拗《す》ねたフリをしていた美月が、楽しそうに笑い出したのを見て、そんな事を考えながら駅前にやってきた所で。フと駅の方を見ると──

「──っ！（美月、止まれ！）」

「っ、──？」

小声で美月に制止を掛《か》け、ジェスチャーで声を出さない様に指示。

それに応え、声には出さずに仕草で『どうしたの？』と訊いて来た美月。

一緒に目立たない位置に移動してから、前方を指さすと──そこには見知った人物たちが歩いていて。

我らの幼馴染《おさななじみ》、大河と雪菜のカップルが——仲睦《むつ》まじげに、手を繋《つな》いで歩いていた。

その2人は……普段、俺たちが一緒にいる時には見せない『誰が見ても恋人同士《こいびと》』といった雰囲気《ふんいき》を漂《ただよ》わせていて。

ここで俺たちが出ていけば、それだけで『お邪魔虫《じやま》』になるのは確実。

「(なるほど、これは見つかりたくないねー。で、どうする?)」

「(声を掛けるわけにはいかないだろ? だから——見守ろう)」

「(なるほど……尾行《つけ》るんだね♪)」

「(いや、それは無い)」

「(え、しないの?)」

「(行き先は分かってるんだから、先回りする)」

「(あ、そっか!)」

小声で会話を交《か》わし、行動方針を速《すみ》やかに決定。

マンションの入口はオートロックのため、最後まで見守るなら先回りの方が良い。

ここから俺たちのマンションまでは徒歩10分程のため、直ちに実行。

「(2人とも勘《かん》がいいから、あんまり近付かない方がいいよね?)」

「(分かってる。それにしても──)」

マンションへの回り道を、足音を立てない忍《しの》び走りで駆け抜けながら小声で話す。

「(……意外と、しっかりカップルやってるんだな)」

しっかりと恋人繋《こいびとつな》ぎで歩いていた、大河と雪菜。2人とも（黙っていれば）文句無しの容姿のため、どう見てもお似合いのカップルだった。

「(んー、意外と雪菜、甘《あま》えたがりなトコがあるから)」

「(そういえば──俺たちが『手を繋いでない』って気付いたの、雪菜だったよな。あれも、もしかして?)」

「(あー『自分が嬉《うれ》しい恋人っぽい事』とか考えて、思いついたのかもねー)」

そんな事を話している内に、マンション前に到着《とうちゃく》。大河たちは──まだ見える所には来ていないのを確認《かくにん》してから、オートロックを解除して中へ。

「エントランスで隠れるなら──階段の陰《かげ》あたりか?」

「んー……いっそ2階通路の方が、近付いてくる2人をハッキリ見れるかも?」

「採用」

美月の提案に従い、マンション2階通路へ。

隠れながら大河たちが来る方向を窺《うかが》っていると──来た。

「(なんというか……声を掛けようとしなくて、本当に良かったよな)」

「(……うん。アレを邪魔するのは、ちょっと勇気いるよね……)」

笑みを交わしながら大河に寄り添《そ》う雪菜と、それを気遣《きづか》いながら歩く大河。

俺たちですら接近を躊躇《ためら》うレベルの、幸せオーラを漂わせている2人。

「(……大河くんがしっかりエスコートしてるの、意外なんだけど?)」

「(……父さんたちが言うには、アイツのボディーガード方面の才能は天性のモノらしいし。その延長線上なのかもな)」

「(あー、なるほど……。なんていうか──『騎士《きし》と姫《ひめ》』って感じだよね)」

言われて、言い得て妙だと思う。

2人の容姿と、しっかりとした立ち振《ふ》る舞い。それが合わさって『物語の騎士と姫の様だ』と言われれば、誰もが納得してしまいそうな雰囲気だった。

俺と美月も『熟年カップル』とか言われるけど──こいつらも、別の意味で年不相応なカップルだと思う。

素晴《すば》らしく絵になる2人。そして──だからこそ、思う事があって。

「──これで大河、思考回路が残念じゃなければな……」

「雪菜も、これでヤミが無ければね……」

物語名『残念騎士とヤンデレ姫』。

……このタイトルだと、どう足掻《あが》いてもコメディ系ラノベにしかなりそうにない。

そうこうしている内に、大河たちはマンションに入り、見えなくなった。

「――？」

「――っ」

ジェスチャーだけで『行くか？』『もちろんっ』と、意志疎通完了《そつうかんりよう》。

ちなみに『行く』は『帰る』ではなく――行き先は、大河たちの部屋がある階。

2人はエレベーターだろうから、俺たちは階段ダッシュ。そうして先回りし、エレベーターホールで隠れていると――到着チャイムが鳴り。

「………………」

エレベーターから出てきた2人を、無言で見送る俺と美月。

通路へ曲がった所で追いかけ、角から覗《のぞ》くと――2人で雪菜の部屋に入って行った。

……そして、扉《とびら》がしまったところで――美月が口を開いた。

「それで……悠也、どうする？」

「どうするって――『帰る』以外に、何か選択肢《せんたくし》あるか?」

あの光景を見た後で『現場に踏《ふ》み込む』なんて選択肢を取る気はしないし。

「んー、その他にも幾《いく》つか。まず選択肢1【扉に耳を当て、聞き耳】」

「……気持ちは分からなくもないが、止めなさい」

ちなみに豆知識だが。防音処理されたマンションやホテルでも、非常時に備えて廊下《ろうか》には聞こえる様になっている事が少なくない。だから、聞こうと思えば聞ける。

……興味あるか無いかなら、間違《まちが》いなく『ある』けど――止めておこう。

「次、選択肢2【メールで『今、何してるー?』って訊く】」

「……イチャついている可能性が高い時に、『何してる?』と訊く性格の悪さ」

返信の内容とか、それが来るまでの時間とか、いろいろ興味は無くもないが。

「最後、選択肢3【あと35分後くらいにピンポンダッシュ】」

「『35分』って数字が生々しいわッ……!」

……下手すると最悪(ある意味では最高)のタイミングで冷や水ぶっかける事になる。

「さぁっ! どうする悠也♪」

「――どうするも何も、【帰る】の1択《たく》だろうが」

「あははっ、だよねー」

どうやら美月も、元から何もする気が無かった様子。

そうして俺たちは、軽く雑談しながら——いつもの調子で帰宅した。

◆　◆

「——で。またこの体勢になるわけだ？」

「だってこの体勢、好きなんだもーん」

一度、それぞれの部屋に帰宅した俺たちだが。持ち帰ってきていた生徒会の仕事が終わっていなかったので、どちらかの部屋でする事に。

それで、また美月の部屋の和室でする事になったのだが——またこの前と同じ様に、ノートPCで入力作業をする俺に、寄り掛かって資料を読む美月。

「……そういえばこの前、俺の体温が好き、とか言ってたっけ」

「うん、落ち着くからー。具体的には——この前下着を買い替《か》えたとき、ジャストフィットのを見つけて付けたときくらい？」

「……その例え、大抵の男には分からないと思うんだが？」

理解できる男も居るだろうが、少なくとも俺には分からない。――っていうか。女子が自分から男に下着の話を振るなと。

……『俺の体温は下着と一緒かよ』と返そうかと思ったが――よくよく考えると、妙な連想が出来てしまいそうなセリフだと気付いて止めた。

「嫌《いや》なら退くよー？」

「……嫌とは言ってない」

――嫌ではないんだ、本当に。ただ……俺も『体温が落ち着く』というのを、少し分かってきた事が少々照《て》れ臭《くさ》いだけで。

「あははっ、それならもう少しこのままで――……あ」

話をしながら資料の確認を続けていた美月が、何かに気付いた様子で言葉を止めた。

「ん？　どうした？」

「――うん、ココ。この部の昨年度の部費の欄《らん》、明らかに桁《けた》が少ない。去年の役員の人が打ち損じたんだと思うけど……どうしよ？」

「あー、それなら……今年の部費関連は大河がやってたから、電話すれば――あ」

……大河なら正確なデータを持っているから、電話で聞けばいいのだが――

「今は電話するとマズイ気がするんだけど……どう思う？」

　状況を知らなければ電話しただろうが――さっきのアレを見ちゃった以上、今夜中に電話するのは、とっても勇気が要《い》る。

「……今日は、ここまでにしておこうか。俺の方も、もうすぐ一段落つくし」

「そーだね、別に急ぎの仕事じゃないし。2人の邪魔はしたくないしねー」

　そんな美月のセリフに、無言で同意して。

　区切りの良い所まで仕事を進めながら、先ほどの2人の様子を思い出して――

「？　悠也、なんだか微妙な顔してるけど……何考えてるの？」

「――『微妙な顔』って。いや、さっきの大河たちの様子を思い出してさ。……ああいうのが、真っ当な恋人同士っていうんだろうな、と」

「あー……なるほどねぇ。私たちも、ああいうのを目指した方がいいのかな？」

　さっきの2人の様子を見れば、誰もが『恋人同士』だと思っただろう。

　とはいえ、それなら俺たちもアレを目指すべきかと考えると――

「――いや、無いだろ。だって目指したところで……なれるか？」

「あ、無理。演技で良いなら、パーティとかでそれっぽくやってるけどねー」

　ほぼノータイムで答えた美月。俺も全く同感。

『演技でなら出来る』という時点で、俺たちらしくはない。

ああいう関係を羨《うらや》ましいと――思わないわけではないが。

だけど美月とあんな風になりたいとも、なれるとも思わないわけで。

「まぁそんな感じで。俺たちは俺たちらしく進んでいけばいいだろ。それで誰かに文句言われても――『これが俺たちだ』って開き直ればいいんだし」

「それもそうだねー。……そういえば美羽ちゃんにも『背伸《せの》びしないで美羽ちゃんらしく』って言ったばっかりだしねー」

「あー……ついでに言うと委員長たちみたいなカップルもあるんだし。どんな形でも、幸せならいいんじゃないかな。――他人に迷惑《めいわく》かけないなら、だけど」

それらは俺たちが接した面々に対して、言ったり思ったりした事。

それらが、早々にブーメランしてきた。

「あははっ。じゃ、私たちは地道に行こうよ。時間はまだまだあるんだし、ね？」

「――だな」

そう言って、俺たちは背中越《ご》しに笑い合った――のだが。

ふと思った事があって、話してみる事にした。

「地道に、ってのは同意なんだが……美月、いろいろと努力してたのな」

「ん？　努力……どれの事？」

『どれの事？』と返してきた通り、俺たちは地道な努力もそこそこしている。成績維持《いじ》のための日々の予習復習は当然として、投資関係の情報収集や、中学までは幾つか習い事とかもやっていた関係で、それらの腕《うで》が鈍《にぶ》らない程度の練習も。

美月はそれに加え、スタイル維持や美容関係の諸々の努力もしている様子。……敢《あ》えて触《ふ》れない様にしていたが、気付いてはいたから——努力している事に意外性は無い。

——だけど。今言っているのは、今日気が付いたばかりの事で。

「……いや、俺関係というか——今日のポニテの事とか、脚好きの事とか」

「あ、あー、そういう方面のかぁ——あはは……」

この前『恋愛《れんあい》感情がイマイチ分からない』と言っていたのは、間違いなく本心だろう。

だから、なんというか——妙《みょう》にこちらのツボを突《つ》いてくるアレコレに関して、天然モノか、からかう意図での悪戯《いたずら》的なモノだと思っていたのだが……。

「——こっちの方向で、サービス精神を発揮してくれてるとは思ってなかったからさ。どこまでが『そっち』で、どういう意図なのか、可能なら教えてほしいな、と」

この手の『好かれるための努力』と取れる行動は、料理の上達もそうだし、日常生活での協力などで疑おうと思えば幾らでも思いつく。

それを知らずに享受《きょうじゅ》し続けるのは、フェアではないと思ったのだが――

「んー……どこからどこまでっていう線引きはしてないかなー。悠也だって、色々と気遣いはしてくれてるよね？　毎月の予算の件や料理の事とか……体調悪い時とかも」

「そこら辺は、当然の事だと思うんだが……？」

女性の方が男より色々と出費が多いため、予算を美月の方に多く振り分けていたり。料理の方も美月の反応を見て、徐々《じょじょ》に微調整《びちょうせい》していたり。

あとは、その……体調悪そうな時は、食事当番を代わったり。

そこら辺は気遣いと言えば気遣いだが、わざわざ言う程の事でもないと思っている。

「そういうのを『当然』って言える悠也だから、私も――っていうのもあるよ？　あとは……逆に訊くけど、なんでそういうのを『当然』って思うの？」

「――は？　いや、あんまり考えた事は無いが……」

言われて、少し考えてみる。

……『美月も同様の事をしてくれているから』だと、当然の様にお返しをする理由の説明にはならないわけで。

ならば……逆に、日常でありながら『当然』と思っていない事は――と考え。

「――ああ、そういう事か。『一緒に居られる事は当然ではないから』か」

別に美月が裏切るとか、心変わりを起こす等を心配しているわけではなく。

ただ、例の冬山の件もあったから思う事かもしれないが……不測の事態で離れ離《ばな》れになる可能性は、どうしてもゼロにはならないわけで。

だから、俺《おれ》が美月と一緒に居られる事は、当然ではない。

当然ではないから――出来る限りの事をして、別れる事になる可能性を少しでもゼロに近づけたい。……これが、俺にとっての『当然』。

だから気遣いは、相手の為《ため》と同時に自分の為でもあるため、苦にならない。

「――あははっ、やっぱり悠也もなんだねー」

「たった今、自覚したばっかりだけどな。……しかし、そうなると――」

「ん？　どうしたの、微妙な顔して？」

……いや、ちょっとした連想をした結果、イヤな所に行き着いてしまったわけで。

『相手の為であり、自分の為』。コレを言い換《か》えると――自分の望みの為に、他人の為になる行動をする。俺たちは最近、コレと似た行動理念を持つ人と話したばかりで――

「――委員長の『己《おのれ》の悦楽《えつらく》のための治安維持行動』と、ある意味同系統なのか、と」

「さすがにアレと一緒はイヤなんだけど!?」

やっぱり、美月さんも必死の抗議。

……だけど、自分の願望を満たす利他行動という意味で、あの人のアレは究極といえるモノな気もする。……尊敬なんて一切《いっさい》しないが。

「と、とにかくっ！　……私も悠也と似た考え方だし。それに――今のこういう生活が始まるって決まったとき、お母さんからも『好かれている事を当然と思わないで、努力なさい』とも言われたんだよ」

美月のご両親は……仕事の場以外では、２人ともニコニコのんびりした人たち。

だが、ご夫婦で『ニコニコ』から受ける印象は大きく異なり。

親父さんは本当に『人の好さそうな男性』なのに対し――お母さんは少々妖艶《ようえん》な雰囲気を持ち、どこか『悪の女幹部』といった印象を与《あた》える人。

そんな女性の言葉――

「それは初耳だけど、確かに言いそう、かな。——ん？　もしかして……昨夜のアレって、その辺も影響《えいきょう》してたりするか？」

「え？　——あー、あはは……。うん、多分ね」

そう言って、少し恥《は》ずかしそうに苦笑いを浮《う》かべる。

つまり昨夜の——美月が初めて恋愛関係の焦《あせ》りを覚えたのは。

恋愛方面でいろいろ試行錯誤《しこうさくご》中だった事と、それに元々の『好かれている事を当然と思わない』という考えが合わさっていて。

そこに、自分が認めた美羽ちゃんを俺も褒《ほ》めたから、という事か。

「あ、でも！　分かってると思うけど、別に美羽ちゃんに悪い感情を持ってるわけじゃないし、本気で悠也が浮気《うわき》する事を心配してるわけでもないからね？」

「——ああ、うん。そこは分かってるから大丈夫。……大丈夫、なんだが——」

「？　どうしたの？　なんか……ニヤけてる？」

美月が自己弁護した内容は、言われるまでも無く分かっていたつもり。

だから、俺がニヤけ——嬉しく思ってしまったのは、別の事で。

「……俺が他の子に気を取られる事は『浮気』で、それは『心配すべき事』って、ちゃんと認識《にんしき》していたんだな、と」

「え？　…………ふあっ⁉」

少し意味が分かってなかった様だが——理解してすぐ、また真っ赤になった美月。

俺が嬉しく思ってしまったのは——美月が『悠也は私の』と、思ってくれていた事で。

別に『どうでもいいと思われている』等とは思っていなかったが……美月は今まで、独《どく》占欲《せんよく》の様なものを見せた事が無かった。

……比較《ひかく》する位置にいたのが、ヤンデレさんな雪菜のせいもあるかもしれないが。

だが、どうやら『美羽ちゃんを好きになれば浮気』と考えているという事は——ちゃんと独占欲があるという事で——同時に、浮気されるのはイヤな事だと認識している様子。

そしてそれは、今の慌《あわ》てふためく美月の様子からも、勘違《かんちが》いではないと確信できる。

と、そんな理由で嬉しく思ったのだが——ちょっと動揺《どうよう》がなかなか落ち着かない様子なので、そろそろ話を変えてあげた方が良いかな？

「──こほん。それで……おばさんに、他に何か言われた事は無いのか？」

「え？　あ、う、うん、あるよっ！　他には──……」

俺の思惑《おもわく》を察して応《こた》え、勢いよく話し──始めそうだった美月の言葉が、すぐに止まった。

「……どうした？」

「え、えっと……しっかり悠也を見て、『探しなさい』って」

妙に歯切れ悪く言った美月に、少し疑問と不安を覚えた。

──『探す』？　まさか通帳・印鑑《いんかん》・預貯金とかのハズはないし……？

「……良い所とか、将来性とかを、か？」

そんな無難な予想をした俺に、美月は気まずさを感じさせる声で。

「え、えっと……逆、かな。──長所は取り繕《つくろ》えばいくらでも作れるから、むしろ相手の悪い所や欠点、弱みを、出来る限り見つけろって」

「…………なぜに？」

たしかに美月のお母さんは『悪の女幹部』な感じの人だけど、ガチの悪事を企《くわだ》てる人ではない……と思う。だから、なにかしら意味があるとは思うが──

「――相手の欠点を全部受け入れられるなら、きっと上手《うま》くやれるから、だってさ」

背中合わせで表情は見えないが――おそらく、苦笑いをしながら言っていると思う。

そう分かる口調で教えられた言葉は、確かにあの人が言いそうな事で――

「――もしかして、俺の性癖《せいへき》とかに気付いたの、コレのせいか……？」

「延長線上って感じ、かな？　脚好きは前から気付いてて、その後『意外とエロい』って気付いてから、じゃあ、どんなのがーって――後はこの前、話した通りだよ」

「……色々と納得《なっとく》した。納得はしたが……ところで美月、他に欠点って何を見つけた？」

「あ、あはは……やっぱり訊《き》かれるよねぇ」

さっきより気まずげな声で、諦《あきら》めた様な口調。

おそらく、先ほど『他に何を言われたか』を言い淀《よど》んだのは、これを訊かれたくなかったからだろう。

「えーっと……実はエロい、っていうより、むしろムッツリ気味」

「うぐっ！」

……最初の『とりあえず』って感じで言われた1つで、既《すで》に心を抉《えぐ》ってキた。

「あと――意外と人見知り。それと、意外に押《お》しに弱い。モノによって沸点《ふってん》が激低。隠《かく》し事《ごと》の有無《うむ》が顔に出るタイプ。基本的なメンタルは強いけど、身内からの精神攻撃《こうげき》には激弱。予想外の事態に『どーにでもなれー』的な雑な対応しがち。集中し過ぎると視野狭窄《きょうさく》に。疲《つか》れてくると無表情に。体調悪い時のオナラめっちゃヤバイ――っと。パッと浮かんだのはコレくらいかな？　何か訂正《ていせい》ある？」

「………………オナラは可能な限り気を付けますんで、スルーしてください」

「あいよー。――ところで、悠也の方は私の悪いトコ、どれだけ気付いてる？」

凹《へこ》む俺に、少し恐《おそ》る恐るといった感じで訊いてきたのは――怖《こわ》いもの見たさ的な好奇心《こうきしん》からだろうか。それとも、俺を気遣ってだろうか。

――どのみち手は抜かないけど。仕返しとしても『隠し事はしない』の意味でも。

「んー、まぁ幾つかは浮かぶけど。――とりあえず『乙女《おとめ》の恥じらい（笑）《かっこわらい》』」

「……絶対そこら辺は言われると思ってたけど（笑）て」

初《しょ》っ端《ぱな》からダメージ受けたらしい美月。

——俺も『ムッツリ』で開幕ダメージ受けたので、お相子と思ってください。

「あと……寝相《ねぞう》（激）。家事は基本的に得意だけど、片付けだけは苦手。怠け者《なまもの》ではないが、怠けたかった仕事では凡《ぼん》ミスしがち。興味の有無でテンションと発揮する能力の振れ幅《はば》が大。意外にメンタル弱め。それなのに頑固《がんこ》気味。八方美人気味。だけど敵対者には容赦《ようしゃ》無し——こんな感じかな。何か反論は？」

「——私、なんでメンタル弱いって認識？」

「『弱い』ではなく『弱め』な。……昔から美月の癖《くせ》だよな、不安なときや動揺したとき笑って誤魔化《ごまか》すの。取り繕うのや耐《た》えるのは上手くなったけど——きっちりダメージは受けてるの、本当に俺が気付いていないとでも？」

「——あはは。やっぱりバレてるかー」

ばつが悪そうな——だけど、なぜか少し嬉しそうな声。

そもそも『取り繕う』が必要な時点で、ダメージは受けている証拠《しょうこ》。

そして美月が公の場でネコを被《かぶ》るのも——外面を取り繕うという意図はもちろんあるが、それ以外にも『重圧を受けない自分』を演じている、というのもある様子。

色々図太くマイペースでありながら、本質的に強くはない。それが美月。

もしかすると、美月の『落ち着くから体温が好き』というのも『精神安定のため』という意味があるのかもしれない。……自覚の有無は分からないが。

――考えてみれば。真面目《まじめ》な話をする時や精神的に疲れた時、美月はよく抱《だ》きついてきたり、とにかく接触《せっしょく》してくる事が多かったか。

と。そんな事を考えていると、背中合わせだった美月が動き出した。

そして、また後ろから抱きついてくる形になり――

「――どうした美月？」

「んー。悠也が、ちゃんと見ててくれてるのは分かったよー。――で？　私はそのダメな所も、受け入れてもらえているのかなーって」

……一見、『なんとなく訊いてみた』程度に聞こえる口調だが。先ほどの考えが当たっているのなら、少しは不安に思っている、という事で。

「正直に言うと――『受け入れる』とか、難しく考えた事は無いんだが――」

「……あはは。まぁ、そうだよねぇ」

途中で挟《はさ》まれた残念口調は無視して、言葉を続ける。

「――改めて欠点を列挙した後でも、この体勢がイヤにならないって事は――そういう事なんじゃないかって思っているよ」

下手に『多分』で答えるより、現状を正直に言った方が良いと判断し、言ってみた。で。美月の反応は――少し沈黙《ちんもく》があった後、抱きついている手の力が、少し強まり。

「――ありがと、悠也っ」

そう言って、身体は密着させたまま、猫《ねこ》のように頬をこすりつけてきた。

……この行動、もちろんイヤではないのだが――やっぱり照れ臭いというのと、健康的な男子高校生として、少々危険な事になりそうな気もするワケで。

「――分かった上でやってるとは思うんだが……背中に当たってるからな?」

少しは落ち着かせようと思って言ってみたが、やっぱり怯《ひる》む気配は無く。

「うん、分かってるよ～♪　嬉しい?」

「……いや。ブラ越しだと、感触的《かんしょくてき》にはあんまり」

一応は本当だが――形状は分かるんで、余計な想像しちゃうと危険だが。

「──ふむ。外せと？」

「言ってないからな⁉　──それで。美月の方は、どうなんだ？　俺の欠点も、受け入れられているのか？」

……反撃《はんげき》として、訊いてみた。

いや、確かに美月の『攻《せ》め攻めモード』を鎮《しず》める意図はあるけど……それとは別に、しっかり訊いてみたいとも思った。

そんな一石二鳥を狙《ねら》ったわけなのだが──美月のテンションは衰《おとろ》えず。

「うん、もちろん♪　そうじゃなきゃ、こんな事してないよ〜」

「…………」

なんの躊躇《ちゆうちよ》も無く帰ってきた言葉に、思わず言葉を失ってしまった。

……即答《そくとう》した美月と、答えを少し考えた俺。

別に勝ち負けの問題ではないが、なぜか少し、悔《くや》しく感じて。

──というか俺、美月ほどに努力しているか……？

親の教えがあったからとはいえ、婚約者《こんやくしゃ》としての努力もしてくれていた美月。

別に嫌々《いやいや》やっていたわけではないと思うが——それでも、色々と俺に合わせてくれていたのは事実であり、俺はそこら辺を怠《おこた》っていたのも事実。

——美月は俺の体温が好き、なんだよな?

性癖に合わせれば良いってものでもないだろうが、とりあえず美月が既にやっている努力を、俺もやってみようというだけ。

……だけど『いつでも抱きついて良いぞー』ってのは、さすがにどうかと思うわけで。

「——美月、ちょっとストップ」

「?　どうしたの?」

覚悟《かくご》を決めて声を掛けると、抱きついていた腕をあっさり解いてくれた美月。

頭に『?』を浮かべている美月を無視して、美月に向かい合い。

「——はい」

声と共に右手を差し出すと、美月は首を傾《かし》げ——

「——わん?」

「……いや、誰《だれ》が『お手』しろと」

「——わふ?」

「『おかわり』なはずも無いよな？」

「……ごめん、本気で意図が分からないんだけど？」

――いや。この期《ご》に及《およ》んでヘタれ、説明していない俺が悪いんだけど。

いい加減、腹を括《くく》ろうと思い。不思議そうに首を傾げている美月と眼を合わせ――られず、視線を逸《そ》らしながら。

「……美月、俺の体温が好きって言っていたから。だけど、さすがにいつも密着ってわけにはいかないから――手で我慢《がまん》してくれ」

……言ってから、『曲解すると卑猥《ひわい》な感じにならないか!?』とか思ったが。

口から出てしまった言葉は戻《もど》らないため、覚悟を決めて正面を見ると。

少し『きょとん』としていた美月だが――

「――うんっ♪」

嬉しそうな声と笑《え》みと共に、躊躇なく右手を重ね合わせ――ようとして止め。

少し考えてから俺の右側に来て、俺の右手に自分の左手を重ね、指を絡《から》めた。

……不思議と、以前の様な『照れ臭くて仕方ない』という様子は無く。

俺の方も、全く無いわけではないが――すぐに逃《に》げ出したくなるレベルではなく。

「……なんで、俺も美月も大丈夫《だいじょうぶ》なんだろ？」

「んー、私は単純に、『嬉しい』が上に来ているからだと思うけど？」

少し頬が赤いながらも、無邪気《むじゃき》な笑みで言われた言葉に、自分はどうだろうと考え。

――今は『美月が喜んでくれるから』で……他には考えてない、よな？

「……もしかして、あの時のって――照れ臭かった以上に、相手の反応が分からないとかで……余計な事を考えていたせい、か？」


この前、委員長が分析《ぶんせき》してくれた様に。俺たちは大抵《たいてい》、お互《たが》いの反応をほとんど予想出来ていて、そういう状況《じょうきょう》に慣れきっていた。

そんな中で、慣れていない行動を取る事になった事で――あまり相手や自分自身の反応が予想が出来ない事を、無意識に不安に思ってしまい。

それが、『恋人繋ぎ』という言葉の照れ臭さと合わさって、ああなった……？

それが今は、余計な事を考えていないから――それと、ここ最近で美月の意外な反応を何度か見て……それら全《すべ》てを好ましく思っているから、とか？

「んー、理由はどーでもいいよ。手を繋《つな》げる様になった事が、一番大事だから～♪」

「……ま、それもそうか」

とりあえず今は――美月が嬉しそうってだけで、十分な収穫《しゅうかく》だし。

「そういえば悠也、さっき『いつも密着ってわけにはいかないから』って言ったよね？」

「……まぁ、言ったな。それが？」

何かを思いついた様に言ってきた美月の笑顔《えがお》が、『嬉しそう』から『楽しそう』に変わっている事にイヤな予感を覚えながら、訊き返すと――

「――って事は『手はいつでも繋いでＯＫ』って事だよね～♪」

……やっべ、ミスった。

確かに、そう捉《とら》えられなくもない。……訂正するなら今の内だと思うが――

「……常識と良識の範囲内《はんいない》で頼《たの》む」

「は～い。前向きに考えておくよ～♪」

美月も別に、他人に見せつけるのが好きなタイプではない。

だから特に訂正しなくても、そこまで常識外れな事はしないと判断。

……俺自身、別にイヤではないって理由も大きかったりするけど。

「あ、そうだ。……学校の方は、どうしよ？」

「ん？　何の事だ？」

「——ほら、クラスで相談っぽい形で話しちゃったでしょ？　それなら一応、報告みたいな事は必要なのかなって……」

「……あー、言われてみれば。——どうするか」

別に報告の義務なんて無いが、義理と誠意の問題はあるわけで。

その後、２人で少々『どうするか』を考え——

◆　　◆

——翌日。

わざとギリギリの時間に登校した俺と美月は現在、教室の前の廊下に居た。

「――さて、行くか」

「あいよー♪」

……半ばヤケ気味の俺とは違《ちが》い、純粋《じゅんすい》に楽しそうな美月が、少し羨ましい。

出だしで勢いが削《そ》がれそうになったが――振《ふ》り切るように教室の扉を勢いよく開け。

「「おはよーっ！」」

そう言って、揃《そろ》って堂々と教室に入る。

ほぼ全員揃っていた同級生たちが俺たちに気付き、視線をこちらに向け。

「「「ああ、おはよ――……う？」」」

俺たちに向けられた朝の挨拶《あいさつ》の声は、そのことごとくが途中《とちゅう》で止まった。

そして、そのまま唖然《あぜん》とした眼を俺たちに向けていて。その理由は――

俺たちは恋人繋《こいびとつな》ぎ――しかも美月が俺の腕にしがみつく形で、教室に突入《とつにゅう》したからで。

「……え、えっと、美月ちゃん、悠也くん？　それは――」

いち早く我に返って声を掛《か》けてきたのは、やっぱり我らが幼馴染《おさななじみ》の雪菜。その後ろには大河も続き、こちらの様子を窺っている。

「うんっ！　見ての通り、ちょっと進展があったから。この前、皆《みな》に相談って形にしちゃったから、しっかり報告しておこうって思って♪」

楽しそうに――俺の腕に抱きつき、更《さら》に密着しながら言う美月。

「……し、進展した？」「あの様子なら、多分……」「い、イタしてござる……？」

「い、イタしました報告……？」「しょ、詳細《しょうさい》は？　詳細はどこまでっ……!?」

そんな声が周囲から聞こえてきたが、とりあえず無視。

俺と美月は揃って1歩前に進み、堂々と――

「「――しっかり手を繋げるようになりましたっ」」

「「「「…………はい？」」」」

クラスの皆さん、揃って短い戸惑《とまど》いの声の後、少しの沈黙。

……雪菜と大河は、俺たちが何を言うか――そしてその結果がどうなるか予想していたようで、既に頭が痛そうな顔をしているが。

そんな中、やっと皆が我に返った様で――

「「「「──今さらソコ⁉」」」」


「あはははっ♪」

クラスの皆様《みなさま》からの総ツッコミと、それを聞いて楽しそうに笑う美月。

そして俺はというと──半ば現実逃避《とうひ》しながら眺《なが》めていたりする。

「──お疲れ様《さま》です、悠也。それで……コレはどういう？」

「俺も、報告した方が良いってのは同意見だったんで──『派手にやっちゃった方が、1回で済んで楽だよー♪』っていう意見を採用したら、こうなりました」

……正確には『押し負けた』なんだけど──敢えて言うまい。

しかし。幼馴染2名はそこら辺も察したらしく、生温かい視線を向けてきた。

「──こほん。それはそうと、大河、雪菜。この先の事で相談したいんだが……」

と。こんな風に話しただけで、2人はこの後の展開を察した様で。

「……なんだか、少々イヤな予感はしますが」

「っていうか、何を言われるか大体想像できるんだけど……？」

……多分、その予感はアタリです。そう思いながらも、話を止める気は無く。

「この調子でシッカリとイチャつける様になりたいんだけど——今後はどうすれば良いと思う?」

「「「「まだイチャつけてないって認識なの!?」」」」

話を聞いてた面々からの総ツッコミをBGMに、雪菜と大河は再び頭が痛そうな顔で。

「——悠也くん、美月ちゃん。どこまで高みに上るつもりなの……?」

そんな発言に、俺と美月は顔を見合わせ。揃って、同じ返答を口にした。

「「多分、死ぬまでずっと?」」

＼＼＼あとがき／／／

どうも、作者の緋月《ひづき》 薙《なぎ》です。

初めての方は、はじめまして。私の過去作も読んでくださった方には、お久しぶりです。

……本当にお久しぶりです！（あまりに『お久しぶり』なので2度）

さて。今回のコンセプトは、ＳＦ（少し不思議）要素無しで、ド直球の幼馴染もの。それも最初から関係がほぼ完成しちゃっている2人、というものですが。

……それ以外に拘《こだわ》りが無い状態から始めたため、過去最大の難産に。

当初は、もっとオヤジギャグや下ネタが飛び交う色気の無い展開で『全く甘くないバカップルもの』を目指したり。

それだとあまりに起伏が無くてシリーズ展開は困難だからと、学校内に『恋愛関係の相談室』を開く話にしてみたり。

そこから派生し、もう少し周りのカップルたちに焦点をあててみたり。

その後も迷走に迷走を重ね、紆余曲折を経て今回の、あくまで主人公カップル主体の形に落ち着いたのですが――所々に名残が残っていますね（笑）。

そんなこんなで、書いておきながらカットした文章や使わなかったネタは、過去最多になっており。そのお陰（？）で、最低あと3冊くらいはネタに困らないくらいの状態になっております。

というわけで、続きのネタは用意しております。

当然ネタバレはしませんが、今後も悠也＆美月のカップルを揺らがせる予定は一切ありませんし、コメディにならない危機的状況は発生させません（断言）。

最近は、いろいろと世知辛いご時世ですが。

外出しづらく持て余した時間に、緊張感の無いのんびりバカップルの物語はいかがでしょうか？

皆さまの応援こそが、続巻刊行という未来を引き寄せる力でございますッ！

――と、こんなダイレクトな応援要請してると、担当のSさんから『めっ！』って言われるので、この辺にしておいて。

続いて……2021年1月現在、まさに『真っ只中』に出す本として、触れたくないけど触れないわけにはいかない『今のご時世』のお話も、少し。

実は私も一時期、第一波の頃に体調を崩していまして。

結局はコロナではなかったのですが、電話した数か所の病院からは遠回しに『来んな』と言われ。

『もしコロナで、症状が急変したら終わるかもしれない』と否応なく覚悟した所で、なんとか医者に診てもらえて『ただの風邪&アレルギーです』と言われ安堵&脱力。

そんな事があって以降、とにかく外出時はマスク・手洗い・うがい・消毒を徹底しております。……あんな状況を何度もは勘弁っス（泣）。

私はただの笑い話で済みましたが、今の時代は皆が等しくリスクを負っている状況です。

とにかく自分に出来る最善を尽くして、困難な状況が終わるのを待ちましょう！

次の本が出る頃には、事態が終息している事を祈ります。

そして、堂々と本屋さんへGO！（さりげなく再びの応援要請）

最後に謝辞を。

担当S様をはじめとしたHJ文庫編集部の方々。

このえらく時間を掛けた作業にお付き合いいただき、ありがとうございました！　S様の『とにかく緋月さん自身が萌える子を書いてください！』の一言が無ければ、美月の魅力は数段落ちていたかもしれません。

イラスト担当のひげ猫様。

最初に頂いた美月のラフ画の時点で、私は既に『ヒャッハー!!』な状態でした！　いろいろ注文を出してしまいましたが、全て応えた上で予想の上をいく絵を描いてくださり、素直に脱帽&感謝です!!　そして風呂シーン鼻血モノですアリガトウ！

そして、この本を読んでくださった皆さま。

お手に取っていただき、ありがとうございます。この厄介なご時世、本作で少しでも和ませる事が出来たのなら、嬉しく思います。

また早いうちに、私も皆さまも世の中も、健康・安全な状態でお会いできる事を心から願っております。

HJ文庫 http://www.hobbyjapan.co.jp/hjbunko/
922

幼馴染で婚約者なふたりが恋人をめざす話 1

2021年2月1日　初版発行

著者――緋月 薙

発行者―松下大介
発行所―株式会社ホビージャパン

〒151-0053
東京都渋谷区代々木2-15-8
電話　03(5304)7604（編集）
03(5304)9112（営業）

印刷所――大日本印刷株式会社
装丁――coil／株式会社エストール

ISBN978-4-7986-2419-8　C0193